サン・ピエールの宝石迷宮

篠原美季

講談社X文庫

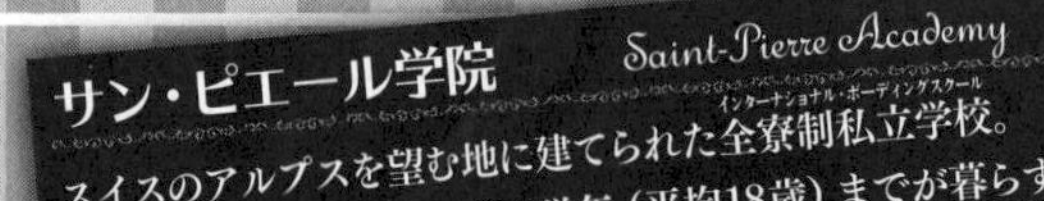

スイスのアルプスを望む地に建てられた全寮制私立学校（インターナショナル・ボーディングスクール）。
第一学年（平均13歳）～第六学年（平均18歳）までが暮らす。
モットーは「学べ、さもなくば去れ／Aut disce aut discede.（アウト ディスケ アウト ディスケーデ）」

サン・ピエールの宝石迷宮

篠原美季

講談社X文庫

Characters

『サン・ピエールの宝石迷宮』　人物紹介

イラストレーション／サマミヤアカザ

サン・ピエールの宝石迷宮

序章

規則正しい間隔で点滴薬が落ちる病室。

大きく取られた窓からは、陽光を受けて輝くスイスの美しい山並みが見えている。

だが、なんとも残念なことに、今現在、この部屋に、その素晴らしい景観に意識を向ける者はいない。それどころか、無機質なベッドに横たわる老人の濁った瞳からは、今まさに灯火が消えようとしていた。

呼吸も浅く、器官からヒュウヒュウと音がもれている。

老人が虚空を見つめながら囁いた。

「お前、なにをした……?」

それに対し、点滴薬のそばに立って冷めた目で老人を見おろしていた男が、なんの感慨もない口調で言い返す。

「安心しろ。どうせもう長くはない命だ。それが少し早まったからといって、なにも困ることはなかろう。――むしろ、みんな、あんたが天寿をまっとうしたと思ってホッとするさ。——なにせ、この毒は自然由来のものだから、痕跡を見つけるのは難しい」

物騒とも取れる言葉に対し、老人がわずかに呼吸を荒くしながら尋ねる。

「……だが、なぜ、今になって？」

すると、異なことを訊いたとでも言いたそうに「く」と声をもらした男が、「それを言うなら」と言い返す。

「あんたこそ、なぜ、今になって、あんなことをペラペラと人に話し始めた？」

「……あんなこと？」

「そう」

うなずきながら男は動き、老人の枕元にかがみ込んでから囁くように先を続ける。

「あんたは、少々しゃべりすぎたよ、ムッシュウ・クラウザー。あんたが手がけていた止まったままの時間の謎、つまるところ『ホロスコプスの時計』についての長年の研究に対しては深く敬意を表するが、その行きつく先が少々問題でね。——『賢者の石』へと至るための情報は、それを知る資格のある者だけが知ればいいことであって、秘密を守れない愚か者がその口を封じられるのは、致し方ないことなのだよ」

宣告した男が、ゆっくりと身体を起こす。

そうして改めて見おろした先では、「クラウザー」と呼ばれた老人が、口をわずかに開いた状態ですでにこと切れていた。

それを確認し、相変わらずなんの感慨もない様子で死者の目を閉じてやった男は、その場で小さく十字を切ると、ベッドの脇に置いてあった帽子を手に取り、そっと部屋を出ていく。


数日後。

親族の手で、アルブレヒト・クラウザーの訃報が関係各所に伝えられた。

その手紙には、故人との生前の付き合いに対する謝辞とともに、死に顔は穏やかで、おかげさまで大往生であったと添えられていた。

第一章　トレジャー・ハンティング

1

（ああ、まただ――）

ベッドの上で半身を起こしたルネ・イシモリ・デサンジュは、額に手をやりながら深い溜息(ためいき)をついて思う。

（ここしばらく見ていなかったのに、なんで、またあの夢を見たんだろう……）

日本で暮らしていた頃に経験した悪夢のような出来事。

海の向こうに置いてきたはずの負の記憶が、今さらながらに彼のことを苦しめる。

――君なんて知らない。友だちなんかじゃない！

ある日、彼はそんな拒絶の言葉を叩(たた)きつけられた。しかも、理由がわからないまま混乱する彼に、相手はさらに凶器のような言葉を投げつけた。

――正直、一緒にいるのはつらかった。

唯一信じていた友人から受けた仕打ちによって、ついにルネの心は折れ、生まれて初めて登校拒否に陥った。

本当に、外に出られなくなったのだ。

出ようとすると、吐く。

そんな息子の将来を案じた両親が、伝手(つて)を頼り、半年近いブランクを経てなんとか入学させたのが、海外にあるここ、サン・ピエール学院だった。ルネのことをなにも知らず、またさまざまなバックボーンを持つ生徒たちの中でなら、まっさらな状態でやり直せると考えてのことである。

そうしてやってきた、永世中立国スイス。

峻険(しゅんけん)なアルプスの山並みを見ることができるこの地には、各国から金持ちの子女が集まってくるので有名な全寮制私立学校(インターナショナルボーディングスクール)がいくつか存在し、サン・ピエール学院もそのうちの一つだ。しかも、それらの多くが共学である中、この学校は男子校という稀有（けう）な特徴を有していた。

　創立は古く、十九世紀だ。

数ある全寮制私立学校（インターナショナルボーディングスクール）の中でも、伝統校の部類に入る。

人種はさまざまで、校内で使われる言語は基本的に英語だ。

幸い、両親の教育方針で、ルネは幼い頃から英語をかなり習得していたので、日常会話なら困ることがないくらいは話せる。そうでなければ、さすがに両親も、精神的に追いつめられてしまった息子を、簡単に国外に出したりはしなかっただろう。

　そして、両親の目算通り、ここにはルネのことを奇異な目で見るような人間は存在せず、ゆえに彼も、以前に比べたらかなり落ち着いた日々を過ごせるようになっていたのだが、なんの解決もみないまま、心の奥底に封じ込めてしまった記憶が、時おり、こうして目の前に立ち現れてはいまだに彼を苦しめる。

　忘れさせないためだろうか。

　自分は、人から『NO』を叩きつけられた人間なのだということを――。

（違う。――そうじゃない！）

　頭を振ったルネは、その勢いでベッドから降り立つと、先に洗面台を使ってしまうために部屋の中を横切っていく。

落ち着きのある灰茶色(ココアブラウン)の髪。

神秘的に輝くボトルグリーンの瞳(ひとみ)。

東洋的で端整な顔立ちも含め、すべてがどこか異世界の住人を思わせるなんとも不可思議な雰囲気を醸しだす青年だ。

しかも、転んでもいないのに手を差し伸べたくなるような、妙な危うさを秘めている。

そんな彼は、最初こそのんびり洗面所を使っていたが、背後に同室の生徒の気配を感じたとたん、急にそれとわかるほど落ち着きを失い、邪魔にならないようそそくさとその場を出ていく。

その際、少し離れたところから顔をあげずに挨拶(あいさつ)した。

「……おはよう、アル」

「——ああ」

短いやり取り。

それは、秋の朝のひんやりとした空気が忍び込んだような交流であった。

十月下旬。

風は少し冷たいが、上着を着て散歩するには気持ちのいい天気となった今日、ルネが所属するこの学校では、九月に入学したばかりの新入生を対象に、毎年恒例となっている

「宝探しゲーム」が開催される。そのため、それぞれ朝食が済んだあと、新入生は所属する寮ごとに一ヵ所に集められ、各寮の寮長からゲームの趣旨や説明を聞かされることになっていた。

朝食を終えたルネも、他の新入生に交じり、エメラルド寮の寮長であるヨハン・ヘルベルトの説明に耳を傾ける。

サン・ピエール学院には、全部で五つの寮があり、ダイヤモンド寮、エメラルド寮、サファイア寮、ルビー寮、アメジスト寮と、それぞれに宝石の名前がついていた。

一学年百名。

全体では六百名の生徒が在籍していて、それらの子どもたちを百五十人の教師や事務スタッフである大人がフォローしている。つまり、四人に一人の割合で運営側の人間がついていることになり、高額な入学金に見合うだけの手厚い保護が約束されているのが、この学校の売りの一つだ。

しかも、そこには、食堂や売店で働く人間や掃除や雑務を担当する人間は含まれていないため、それらを合わせると生徒数の半分近い数の大人が、彼らの生活を見守っていることになる。

また、各寮では一学年二十名ずつ、新入生である第一学年から卒業を控えた第六学年まで、全部で百二十名の生徒が寝食を共にしている。

そんな大所帯である寮の運営に携わるのは、第五学年の中から選出される寮長と数名の監督生で、当然、優秀な生徒がその任に就く。もちろん、寮監やカウンセラー、相談スタッフという大人が陰で支えてくれるのは言わずもがなだが、生徒の自主性を育てるため、基本、彼らは裏方に徹していた。

「――というわけで」

寮長のヘルベルトが、おおかたの説明を終えながら続けた。

「それぞれのタブレットに、地図と探索禁止エリアは表示されているが、それ以外の情報はほとんどないので、遠慮せず、どんどん上級生に話しかけて情報をもらうようにしてほしい。――ちなみに、今日、彼らはみんな、どれほど急ぎの用事があっても、新入生の質問に答えることが優先事項となっているので、君たちが相手の都合を考える必要はまったくない」

断言しつつ、ヘルベルトは「ただまあ」と例外をあげた。

「そうは言っても、さすがに本当に急を要していると察した場合は……、たとえば、そうだな、腹をくだしてトイレに駆け込もうとしていると見て取った時などは、それ相応の態度で解放してやってほしいわけだが」

ヘルベルトのあげた例に笑いが起こり、その笑いが静まるのを待ってから、彼は話を進める。さすが、寮長などをやっているような人物は、話し方が巧みで人心をつかむ術(すべ)を心得ている。

「基本、遠慮はいらない。堂々と話しかけて、回答を得るといい。そして、運よく宝箱を見つけられたら――ここが肝心な点なんだが」

　右手の人さし指をあげて注意を喚起しつつ、ヘルベルトは言う。

「その中からおのおの一番価値があると思った石を選んで、生徒自治会執行部の執務室まで持ってくること。ただし、選ぶ際に喧嘩などするのはもってのほかで、話し合いやじゃんけんで穏やかに決めるんだ。――いいな？」

　そう言ってルネたちの顔を見まわしたヘルベルトが、「このゲームは」と念を押す。

「同じ寮で暮らす者同士、親睦の意味合いも兼ねている。つまり、個々人でバラバラに動くのではなく、できる限り協力し合い、最高の結果を出してほしいということだ」

　ヘルベルトの説明によると、目的が「親睦」ということから、行動の基本単位は寮の同室者同士で、さらにその同室者二名の組み合わせが二組ないし三組ずつ連なって、最低で四人、多い場合は六人からなるユニットが作られるようである。

　というのも、この学校では、各寮とも、ユニットバスのついた洗面所をはさんで二つの部屋が繋がる造りになっていて、そこに、第三学年からは二人一組で、おのおのの個室が与えられるようになっているのだが、まだ自我が確立していない第一学年とその上の第二学年までは、同じ形の部屋を各個室に二人ずつ、合計で四人の生徒が共同で使う形になっているからだ。

ゆえに、ルネにも同室者がいる。

今朝も起きがけに挨拶をかわした、アルフォンス・オーギュスト・デュボワだ。通称「アル」。

紅茶色の髪にオレンジがかった琥珀色(こはくいろ)の瞳。

ケルト系のすっきりした顔立ち。

新入生の中でも背が高く、つっけんどんだが面倒見は悪くない。ただし、選り好み(え)がとても激しいようで、ルネの前に二度部屋替えをしていた。

そのアルフォンスが、恥じらいもなく発言する。しかも、少々礼を失した、傍若無人とも取れるもの言いだ。

「悪いが、正直、『親睦』なんて耳触りのいい言葉を言われたところで、こっちはさほどやる気が起きない。それより、もう少し具体的に、なにか俺たちのモチベーションがあがるような話はないのか？」

「つまり、賞品のようなことかな？」

「その通り。——労働には対価が必要だからな」

「だとしたら、安心したまえ。石の価値に応じた賞品が用意されている」

「やった」

アルフォンスだけでなく、彼のまわりにいた生徒たちの間でも活気に満ちた声があがる。

「俄然、やる気が出てきた」

「どんな賞品だろう」

「まあ、どうせ購買部で売っているようなものだろうけど」

「それなら、僕、校章入りのトートバッグが欲しいな。まだ、買ってないから」

「ばか、自分で買えよ」

「ああ、購買部で使える金券でもいいや」

なんとも勝手な希望が口にされる。

それらを見まわして、ヘルベルトが「諸君」と呼びかけた。

「他に質問がないようなら、ミーティングは終了だ。僕たちは、生徒自治会執行部の執務室で君たちの到着を心待ちにしているので、おのおの思い出に残るトレジャー・ハンティングを楽しんでくれたまえ」

2

タブレットに表示された地図を頼りに、ルネたちのグループも宝探しを始めた。

そのタブレットは、入学時に学校側から生徒一人一人に配付されたもので、学校生活で必要な情報にはすべてそこからアクセスできる。当然、宿題やレポートの提出も、その端末を使ってこなせるようになっていた。

画面を見ていたチームの一人が、顔をあげて左を指さす。

「う〜んと、今さっき話した上級生の言葉を信じるなら、宝箱が隠されている可能性があるエリアは、あっちの運動場へ降りる階段の周辺だよ」

「え、運動場に降りる階段って、そっちだっけ?」

慌てたように画面をスライドして自分たちがいる場所を確認し始めた別の生徒が、「なんかさあ」と訴える。

「この学校、やたら広くて、自分の部屋と教室以外、まだよくわかっていないんだよね」

「僕も、そう!」

同調した別の生徒が、「校舎だって」と続けた。

「全体像を把握しきれていない」

と、なにを思ったか、同じように画面を見ていたアルフォンスが無言のままいきなり方向転換し、勝手に違うほうに歩きだしたため、彼らは会話を中断して声をかけた。

「え、デュボワ。どこに行くの？」

とっさにファミリー・ネームで呼んだのは、もちろん、まだそれほど親しくなっていないからだ。ちなみにルネとアルフォンスがファーストネームやその愛称で呼び合っているのだって、初対面の時にそうしようと決めただけで、実のところ、それほど親しいわけではない。

尋ねた生徒が続ける。

「そっちはギャラリーで、ギャラリーは探索禁止区域に指定されているけど――」

指摘しつつも、みんな、わらわらとアルフォンスのあとをついていく。そのあたり、この集団における司令塔が誰であるかは、一目瞭然(いちもくりょうぜん)であった。

先頭を歩きながら、アルフォンスが答える。

「そんなの、言われなくてもわかっている。――ただ、運動場のほうに抜けるなら、わざわざ校舎をまわり込まなくても、中を突っ切ったほうが早い。要は、ギャラリーにあるものに触れなければいいわけで、前を通ることまでは禁止していないだろう」

「あ、そっか」

「なるほどね」

納得した一同は、安心したようにどうでもいい会話を再開する。その後ろを、ルネは黙ってついていった。

「だけど、ゲームとはいえ、よりにもよって『宝探し』なんて、ずいぶんと妙なことをやるよな」

「たしかに」

「ある意味、男の夢だけど」

「うん」

「まあ、こうして建物の位置関係とかが把握できるからいいんだけど、わからないのはそのあとだよ。見つけた宝箱の中から石を一つだけ選ぶという作業に、いったいなんの意味があるんだろう」

「たしかに」

「まとめてドンでは、駄目なのかなあ」

彼らが言うことはもっともで、選ぶもなにも、たいていの子どもは石のことなんてあまり知らない。ルネもそのあたりを疑問に思っていたのだが、どうやらアルフォンスは違ったようだ。

ギャラリーに入る扉を開けながら、「そんなの」と応じた。

「石に対する俺たちの目利き具合を知りたいだけだろう」

「――目利き具合？」

「そう」

うなずいたアルフォンスが、訊き返す。

「お前たちだって、この学校の創立者の名前くらいは知っているだろう？」

だが、それすらも覚束ない様子でみんなが顔を見合わせたため、その間を埋めるようにルネが彼らの後方から声をあげた。

「……えっと、たしか、『サンク・ディアマン協会』とかいう団体だった気が」

「その通り」

指を鳴らして認めたアルフォンスがこちらに視線を流したため、ルネは慌てて下を向く。

するとわずかな間のあとで、アルフォンスが「――でもって」と続けた。

「協会に名を連ねるのは、古くから宝石商や金細工師、近代になってからは鉱山開発で富を築いた一族ばかりで、そんな『サンク・ディアマン協会』によって設立された学校であれば、当然、その裏には、将来鉱業界や宝飾品業界を支えてくれるような人材を育てたいという野望があるんだろう」

「へえ」

なにも知らずに入学したらしい他の生徒たちが、感心したようにうなずく。

「そうなんだ」

「初めて知った」

「でも、言われてみれば、うちの親もイタリアの宝飾店に勤務しているよ。というか、それなりに名の通ったジュエリー・デザイナーなんだ」

一人の生徒が言い、別の生徒がすぐさま応じる。

「うちの親は、ジュネーブに本社を置く老舗時計メーカーの重役だけど……」

「うちは証券会社だよ」

報告したあとで、まったく違う業種であることに引け目でも感じたのか、その生徒は慌てたように、「顧客を多く抱えるトレーダーなんだ」と付け足した。

かように、改めての自己紹介ではないが、ここで一つ、それぞれが育った環境の一端が垣間見えたことからしても、親睦を深めるというゲームの趣旨はきちんと成り立っているようである。

アルフォンスが、「もちろん」と受けた。

「この学校の教育理念は『より良い世界を作るための指導者の育成』にあるのだから、中にはまったく関係ない業界に勤める親もいるにはいるが、実際のところ、入学希望者に世界各国の鉱業関係企業の重役の子息や宝飾品を扱う家の跡継ぎが多いのは事実だ。かくいう俺——デュボワ家もそうだし」

そこで一呼吸置いて、アルフォンスは意味ありげに付け足した。

「そっちのデサンジュ家も」

注目されたルネが、慌てて下を向きつつ、蚊の鳴くような声で応える。

「……ああ、うん、そう」

そんなルネの態度に、一瞬、戸惑ったような空気が流れ、一人の生徒がその場を取り繕うように言った。

「なるほどね。それで、『目利き』になるわけか」

それで弾みがついて、会話は続く。

「でも、そんなことを言われたところで、僕は、目利きの自信なんてゼロに近いよ」

「僕も。……エメラルドとかルビーとか、有名なものならちょっとはわかるけど」

「ただまあ、寮長も、このゲームは親睦を深めるためのものだと言っていたから、それほど結果を気にする必要はないんじゃないか？」

「でも、選んだ石によって賞品が変わるんだよね？」

そんな会話に対し、アルフォンスが「だったら」と主張する。

「せめて、みんなより先に宝箱を見つければいい」

どうやらアルフォンスは、このゲームで一番乗りがしたいようで、先ほどからペースの遅いチームメイトに、少しイライラしているようだ。

だが、気づいていないチームメイトの一人が、歩きながらのんきに言った。

「でもさ、どうせ見つけるなら、あるとわかっている宝箱なんかじゃなく、本当の意味でのお宝を見つけたいよね」

「うん。本当の意味でのお宝？」

「あ、たしかに」──たとえば、『賢者の石』とか」

同調した生徒が、「僕も」と続ける。

「その話、耳にしたことがあって、この学校のどこかに『賢者の石』が埋まっているんだよね？」

「そうそう」

「『賢者の石』？」

父親が証券会社のトレーダーだと話していた生徒が、不思議そうに訊き返す。

「それって、空想上の話ではなく？」

一昔前、「賢者の石」をモチーフにした英国の児童小説が世界中で大ヒットし、ハリウッド映画にまでなっているのを踏まえた発言だろう。

それに対し、最初に「本当の意味でのお宝を見つけたい」と言いだした生徒が答える。

「それもあるけど、もともと『賢者の石』といえば、中世から近代にかけて各国の錬金術師たちが必死に探し求めたといわれるお宝で、すごいパワーを秘めているんだよ」

「へえ」

「ほら、例の万有引力を発見したニュートンだって、ふだんは『賢者の石』を探究していた一人だっていうし」

その誇張した表現を聞いたアルフォンスが、鼻で笑ってつまらなそうに注釈を加えた。

「それは、『賢者の石』が鉛を金に変えると考えられていたからだろう。つまり、化学変化に対する興味に過ぎない。いわば、象徴だよ。——そういう意味で、当時の科学者は押しなべて錬金術師だったといえる」

「なるほどねえ」

納得する生徒に対し、父親がジュネーブに本社を置く老舗時計メーカーの重役だと言っていた生徒が「それなら」と秘密を打ち明けるように言った。

「これは知っている？」

みんなの注目を集めつつ、彼は近くを指さして続ける。

「この学校のギャラリーには、『ホロスコプスの時計』と呼ばれている摩訶不思議（まかふしぎ）な置き時計があって、その中に『賢者の石』を探すためのヒントが隠されているという話があるそうなんだ」

「『ホロスコプスの時計』？」

足を止めたアルフォンスが、眉をひそめて訊き返す。

それに合わせて全員が足を止め、ギャラリーのほうを振り返った。

サン・ピエール学院の校舎は、かつてこの地にあった修道院の中核を成していたロマネスク様式の教会堂とその北側を囲む形で造られた回廊を土台として建てられたもので、航空写真などで見るときれいなロの字形をしている。

建物そのものは、十九世紀に改築されたヴィクトリア様式のものであったが、教会堂の西側入り口にあった階段塔と、東側内陣および内陣を囲む半円形をしたいくつかのアプシス、さらに外陣との間に造られる長方形のトランセプトは以前のまま残され、トランセプト部分が図書室に、内陣がそれらの図書の閲覧場所、さらにアプシスの部分がギャラリーとして生まれ変わったのだ。

アルフォンスが尋ねる。

「それって、なんだ?」

「僕も詳しくは知らないけど、言い伝えによると、『ホロスコプスの時計』というのは、妖精――女神だったかな?」

「どっち?」

別の生徒が突っ込み、話し手の生徒が曖昧に応じる。

「忘れたけど、どっちかからもらったものであるらしく、その証拠に、動力部分の仕組みがわからないんだって」

「それで、よく動くな」

アルフォンスの指摘に、相手が「だから」と答えた。

「動かないんだよ。時が止まっている時計なんだ」

「それって、つまり——」

アルフォンスが、呆れた口調で言い替える。

「壊れているってことだろう？」

「いや。そう言ってしまうとロマンもなにもなくなってしまうわけで」

話し手の生徒が言い繕う横で、先ほどからキョロキョロとギャラリーを見まわしていた別の生徒が、「だけどさあ」と声をあげた。

「そもそものこととして、時計なんて、どこにも見当たらないんだけど」

「たしかに」

「そんなはずない！」

話し手の生徒が、「だって」と言い訳する。

「たしかに、聞いたんだ。そういう変わった時計があるって」

「なら、どこにあるんだよ」

「わからないけど」

事実、数多い美術工芸品が並ぶ中に文字盤のある時計は見当たらず、何度もギャラリーに目を走らせた話し手の生徒が、ややあって認めた。

「本当だ。——ない」

その途方に暮れた様子に同情したらしい別の生徒が、「でも、ほら」と明るい声で励ました。

「それこそ、修理に出しているのかもしれないし、きっと探せばどこかにあるさ」

それに対し、アルフォンスが若干イライラした口調で「なんであれ」と言う。

「そんな壊れた時計より、今は宝箱を見つけるのが先決だ。——ぐずぐずしていると、他の奴(やつ)らに先を越されちまう」

急(せ)かすように歩きだしたアルフォンスに続き、名残(なごり)惜しそうに背後を見ている話し手の生徒を押しながら、他のメンバーもすぐさま移動を開始した。

3

外に出た一行は、生け垣に沿って左へ歩いていく。

一人、一番後ろを歩いていたルネだけは、扉を出てすぐ、ハッとしたようにその場で足を止めた。

そこに、なにかがいる。

(あれは、なんだろう……?)

見えにくいものを見定めようとするかのように、ルネはボトルグリーンの瞳をスッと細めてそれを眺めた。

(——いや、この場合、誰だろうと言うべきか)

そうやってルネが見ている先には、おそらく、この世のものではないなにかが存在していた。

それは、ルネの目には老婆のように映る。

くすんだ色のマントを肩にかけ、身体（からだ）を丸めて座り込む老婆。

どう考えてもこの場にはそぐわない、違和感しかない存在であるのだが、ルネと同じように扉を出ていったメンバーの誰一人として足を止めなかったことを思えば、彼女のことが見えているのはルネだけなのだろう。

そして、そのような体験を、ルネは生まれてこの方、何度もしてきた。

なぜか、人に見えないものを見てしまう。

理由は、わからない。

足が速かったり、絵を描くのがうまかったりするのと同じように、もって生まれた能力と言ってしまえば、それまでである。

だが、そのせいで、気味悪がられることも多かった。

最初は、この日本人らしくない外見で。

それに馴染(なじ)むと、今度は虚空を泳ぐルネの目が怖いと言って、友だちが離れていった。

それで、小学校にあがった頃には、この特殊な能力を隠す術(すべ)を身につけたのだが、そんな努力も空(むな)しく、仲良くなった友だちは、結局、彼から離れていった。


——正直、一緒にいるのはつらかった。


本当に、いったい、なにがいけなかったのか。

もしかしたら、隠していたつもりでも、この能力を隠しきれていなかっただけかもしれないが、今となってはわからない。

わからないまま、傷だけが残されてしまった。

嫌なことを思い出しそうになったルネは、頭を振って老婆に近づいていく。

と――。

近づくにつれ老婆の姿が膨張しながら揺らぎ、ルネが彼女のいたところに辿り着いた時には、影も形もなくなった。

(――消えた?)

あたりを見まわしたルネは、最後に足元に目をやって、かがみ込む。そこに、青い石が落ちているのが目に入ったからだ。

拾いあげたルネは、その石を見つめて思う。

(……ターコイズ?)

それは、色がくすみ、すっかり輝きを欠いてしまっているが、わずかに走る黒い筋といいなんといい、間違いなくターコイズであるようだ。

だが、なぜ、こんなところにターコイズが落ちているのか。

あの老婆となんの関係があるのか。

不思議に思っていると――。

「――デサンジュ、大丈夫かい!?」

声がすると同時にグイッと腕を引かれ、ルネは驚く。

そうして振り返った先に、彼がいた。

純金のように白々と輝く髪。

黎明の青さを思わせる澄んだ青玉色の瞳。

なにより、神の起こした奇跡のように完璧に整った顔は、この上なく優美だ。

リュシアン・ガブリエル・サフィル＝スローン・ダルトワ。

腕をつかまれた時以上に驚いたルネが、呆然と相手の名前を呼ぶ。

「――サフィル＝スローン？」

同級生でありながら、ヨーロッパの小国、アルトワ王国の皇太子として名高い彼の噂を、入学以来、校内で聞かない日はなかったため、ルネのほうでは勝手にその存在を知っていたが、こうして間近に接するのは今日が初めてだ。

だから、ある意味、ハリウッドスターとぶつかったかのような衝撃であった。

固まってしまったルネを見おろし、リュシアンが柔らかく微笑みながら「申し訳ない」と謝る。

「どうやら、すごく驚かせてしまったみたいだね。――でも、フラフラと歩いていた君が急にしゃがみ込んだりしたものだから、具合でも悪くなったのかと心配になって」

「――あ、ううん、違うんだ」

それでスイッチが入ったように動きだしたルネが、慌てて手にしたものを持ち上げなが

ら説明する。

「これを取ろうと思っただけで、具合は悪くない」

チラッと石に視線を流したリュシアンが、確認する。

「――ターコイズ？」

「そう」

「それを、拾っていた？」

「うん」

短い会話をかわすうちに互いの視線が絡み合い、そのまま二人はしばし沈黙した。あたかも、その一瞬が永劫に変わってしまったかのような瞬間だった。

ルネの見つめる先で、リュシアンの宝石のような瞳が輝く。

それは、ただ青いばかりでなく、光の加減で時おり炎のような青白い揺らめきが立ちのぼる不可思議な光彩を秘めた瞳で、そのあまりの美しさに、ルネは、まるで魂が吸い込まれてしまったかのように目を逸らすことができずにいた。

そんなルネの顔をじっと覗き込んでいたリュシアンが、なにを思ったか、唐突に告げた。

「君の瞳って、とても珍しい色をしているんだね」

ギクリと身体を揺らしたルネに対し、リュシアンは真剣な口調で続ける。

「緑の風合いがなんとも美しくて、とても心惹かれる――」

だが、最後まで言う前にルネの目から突然涙があふれ出てきたため、リュシアンは驚いたように言葉を止めて戸惑いを示した。

「――え、なに？」

それに対し、震えながらぽろぽろと泣きだしたルネは、ぎゅっと唇を噛みしめ、とっさにリュシアンのことをドンと突き飛ばすと、その場から一目散に逃げだした。

4

人のいないところまで走ったルネは、そこでようやく立ち止まり、ハアハアとあがる息を整えながら、手で涙を拭（ぬぐ）う。

拭いながら、混乱した頭で考えた。

（まただ——）

散々悩まされた瞳のことで、また人から嫌われる。

変わった色の瞳。

——その目で見るなよ！

——気持ち悪い。

——気をつけろ。あの目で見られたら、呪（のろ）われるぞ！

幼い頃、そんな悪態をつかれ、からかわれ続けた。

（だから、気をつけていたのに……）

ルネは、唇を噛みながら思う。

この瞳を他人に向けないよう、いつも伏し目がちにしていたというのに、今日に限って
まともに相手の目を見つめてしまった。
彼の瞳があまりにも魅惑的だったせいだ。
本当にきれいな瞳だった。
青さの中で揺らめく炎のような輝き。
(なんとも美しくて、とても心惹かれる——)
思った瞬間、それはルネではなく、相手が放った言葉であることに気づく。
(……あれ?)
ルネは、考える。
(もしかして、彼、心惹かれるって言った?)
たしかに、リュシアンはそう言った。
とっさに血の気が引いてしまったせいで、あの場では認識できなかったが、その言葉は
しっかりと耳に残り、今になってルネの意識に染みこんでくる。
(つまり、彼は、僕の瞳の色を褒めてくれた……?)
遅ればせながらその事実に気づき、ルネは混乱する。
(でも、なぜ?)
散々嫌がられてきた瞳だというのに、それを褒める意味が、どこにあるというのか。

（ああ、そうか。からかわれただけか……）

自虐的に考えるが、それを押し通すには、リュシアンの瞳はあまりに真剣だった。真剣に、「心惹かれる」と言っていた気がする。

（……本当に？）

いや、まさか――。

肯定的にとらえようとしたとたん、懐疑の念に陥ってしまう。おそらく、これまでの経験がそうさせるのだろう。

やはり聞き間違いだったのではないかと思うが、考えれば考えるほど、そうではないと思えてくる。

リュシアンは、間違いなく褒めていた。

（だけど、そうなると……）

ルネの瞳を――。

ようやく肯定する気になったところで、新たな問題に行き当たる。

なにせ、真意はともかく、いちおう褒め言葉を口にしてくれた相手を、理由を告げることなく突き飛ばしたのだ。

あれには、さぞかしびっくりしたことだろう。

いや、それ以上に不快に思ったかもしれない。

（どうしよう。怒らせてしまっただろうな。……せっかく、ああして、心配してくれていたのに）

そう考えて、結局暗澹とした気分になったルネがうつむいて歩いていると、ふたたび横合いからグイッと腕を引かれる。一瞬、リュシアンの再来かと思って期待したのだが、そうではなく、そこにいたのはなんとも不機嫌な顔をしたアルフォンスだった。

「――アル？」

とっさに状況を把握し損ねたルネの上に、アルフォンスの怒声が降る。

「『アル？』じゃねえよ。お前、なに考えているわけ？」

「え、なにが？」

「バカ、ふざけんなよ！」

ルネの腕を乱暴に放しながら、アルフォンスが続ける。

「こちとら、くだらないと思いつつも、ひとまず宝箱を見つけるために働きアリのごとくせっせとあちこち探しまわっていたというのに、お前ときたら、なにを一人で勝手気ままに遊んでいるんだ？」

「――あ」

ゲームのことなどすっかり失念していたルネが、慌てて「ごめん」と謝る。

そんな彼のことを、他の面々も少々呆れ顔で見ていたが、本気で怒っているのは、どうやらアルフォンスだけのようだ。

「謝って済む問題じゃないだろう。言っておくが、俺たちは、宝箱だけじゃなく、お前を捜す手間までかかって、ホント、いい迷惑なんだよ。——だいたい、今までどこに行っていたんだ？」

「えっと……」

答えたくても、それまでの状況をうまく説明できなかったルネが、重ねて謝る。

「ごめん」

だが、そんなことではアルフォンスの機嫌はよくならず、イライラした口調でまくしたてた。

「それじゃあ、答えになってない。——それとも、なにか、人に言えないようなことでもしていたのか？」

「……そんなことはないけど」

「だったら、なんだよ！」

そんなアルフォンスをどうすることもできず、他の生徒は困った様子でその場に立ち尽くしていた。彼らとて、ルネへの非難の気持ちはあるものの、言ったように、アルフォンスほどのエネルギーは持ち合わせていないということなのだろう。

もっとも、アルフォンスにしても、怒りの根源は別のところにあるようで、「なあ、いいか」とがなり立てた。

「どこでなにをしていたのかは知らないが、お前がぐずぐずしていたせいで、俺たち全員一番乗りを逃したんだぞ」

「ごめん」

「人の存在を無視するのも大概にしろ」

「違う！　そんなつもりじゃ――」

「なら、なんだ？」

「それは……」

反論しようとしたところを逆に鋭く突っ込まれ、答えられなかったルネが、首をすくめて「ううん」と尻込みした。

「なんでもない。ごめん」

そうして、ひたすら謝るしかないルネの前で、紅茶色の髪を苛立たしげにかきあげたアルフォンスが、「ああ、くそっ」と吐き捨てる。

「やってらんねえ。今頃、俺たちと同じタイミングで宝箱を見つけたサファイア寮の奴らが、意気揚々と生徒自治会執行部の執務室に乗り込んで、一番いい賞品と選んだ石を交換していることだろうよ」

文句が止まらないアルフォンスの前で、うつむいたルネが震える声でなおも謝る。

「本当にごめん、アル。——それに、みんなも」

とたん、アルフォンスが切れる。

「だから、さっきからなんなんだよ、その態度は！」

「——え？」

いったいなんのことを言われているのかわからないルネに対し、アルフォンスが憎々しげに告げた。

「どういうつもりか知らないが、そんな風に縮こまられたら、まるでこっちが悪いみたいだろう。いかにも『自分が被害者です』みたいな面をしやがって！」

「——そんな」

ルネが弁明しようとすると、さすがに見かねたらしい他の生徒が仲裁に入った。

「なあ、デュボワ。もうそれくらいにしようよ」

「そうそう」

「たしかに気づいたらいなくなっていて困ったけど、いちおう、こうして謝ってくれているんだし、なんか事情もありそうだから」

「ほら、わかんないけど、もしかしたら、今朝、寮長が言っていたみたいに、お腹でも痛くなってトイレに行っていたのかもしれない」

「は——」

バカバカしそうに受け流そうとしたアルフォンスだったが、ふとなにか考え直したようで、それまでとは違った目でルネを見おろしながら「チッ」と大きく舌打ちをする。

それから、手にした缶ケースを乱暴に差し出し、まだ不機嫌さの残る声で告げた。

「――ほら、これ」

「え？」

急な転換にドギマギしながらルネが缶ケースの中を覗き込むと、そこにはいくつか鉱石らしきものが入っていた。

「あ、もしかして」

「そう、俺たちが苦労して見つけた宝箱だよ。――それでもって、悪いが、先にそれぞれ石を選ばせてもらったから、あとはお前が好きなものを取ればいい」

「……ありがとう」

ルネが礼を言うと、面倒くさそうに肩をすくめたアルフォンスが「言っておくが」と付け足した。

「もともと、さほどいい石は入っていなかったんだからな」

「そんなこと言って、デュボワ、真っ先に金塊みたいな石を取ったくせに」

チームメイトの一人によって事実が暴露されたアルフォンスだが、さして悪びれた様子もなく「それがなんだ？」と言い返す。

「そもそも、これは俺が見つけたんだから、当然の権利だろう」

「まあね」

認めたチームメイトが「たしかに」と言う。

「君が見つけたのは事実だし、石を取り合って喧嘩するなと最初に言われているから仕方ない——とはいえ、やっぱり、じゃんけんでもよかった気はするよ」

「なら、今からじゃんけんをするか?」

脅すように言われ、居並ぶチームメイトが顔を見合わせてから遠慮した。

「ううん、いい」

「うん。もういいよ」

そんな会話が交わされる一方。

ルネは、残された石のうち、わずかに金色に輝いているものに目が吸い寄せられ、とっさにそれを手に取る。

見たところ、水晶だ。

五センチ四方くらいの大きさがあるだろう。

もっとも、混ざりものが多すぎてかなり白く濁ってしまっているし、その一部には別の成分が混入して黒ずんでいるところからして、石としての価値は低そうだ。ただ、剣のように出っ張った透明な部分の根元に、ほんのわずかだが光の加減で金色に輝く塊があるのが見え、ルネはそれがとても気になった。

その輝きは、先ほど会話をかわしたリュシアンの金色の髪を彷彿とさせる。

（……きれいだな）

すると、そんなルネの様子に気づいたらしいアルフォンスが、眉をひそめて助言する。

「おい。それ、ただの水晶だぞ。それよりかは、そっちの──」

だが、最後まで言わせず、ルネは静かに首を振って告げた。

「ううん、いい。──僕、これにする」

珍しく自己主張したルネに対し、目を見張って意外そうな表情になったアルフォンスがつまらなそうに言い返す。

「ま、好きにしろ。──お前がなにを取ろうが、どうせ勝負は目に見えている」

5

「残念ながら」

生徒自治会執行部の副総長を務めている第五学年のサミュエル・マキシム・デサンジュは、豪奢(ごうしゃ)な執務室の中でアルフォンスの差し出した石を一目見るなり、手に取ることもなく切り捨てた。

「これは金ではなく、金に似た黄鉄鉱で、石としての価値はさほど高くない」

褐色の髪にモルトブラウンの瞳。

「デサンジュ」という名前からもわかるように、彼はルネの親戚筋(しんせきすじ)にあたるが、東洋系の端整な顔立ちをしたルネとは違い、明らかにラテン系とわかる彫りの深い鋭い相貌(そうぼう)をしている。

体格もかなり大人に近づいていて、実に貫禄(かんろく)のある人物だ。

成長期にある十代前半の若者にとって、一年の差はかなり大きい。

まして、第一学年の生徒からすると、第五学年や第六学年の生徒というのは、教師と同じくらい大人で立派に見えるものである。

それに一役買っているのが、制服だ。

スイスの学校には制服という概念があまりないのだが、イギリスの伝統校（パブリックスクール）を意識しているサン・ピエール学院では制服が採用され、秋冬は揃（そろ）いのシャツにジャケットか厚手のセーターとズボン、春から初夏は薄手のジャケットか、あるいはポロシャツとズボンというスタイルで過ごす。

ただし、全体を大別した時に上級生にくくられる第四学年から第六学年がふつうにネクタイを結ぶのに対し、下級生となる第一学年から第三学年までの幼い生徒たちは、簡易なリボンタイをつけている。

それゆえ、下級生たちにとって、ネクタイを締めている上級生というのはとても大人でかっこよく見え、それがちょっとした憧（あこが）れと萎縮（いしゅく）へと繋がるのだ。

ただ、中には萎縮とは無縁の下級生もいて、ここにいるアルフォンスもその一人であった。今も、あっさり切り捨てられたことに対する不満を隠せない様子で訊き返す。

「――黄鉄鉱？」

「そうだよ」

「そんなの、なんで、あんたに言い切れるんだ？」

負け惜しみのような言い草に対し、サミュエルが失笑を浮かべて応じる。

「それは、この学校で過ごす間に多少は勉強したからだけど、もしかして、検査機にかけないと納得しないとでも言いたいのかい？」

しゃあしゃあと応じたアルフォンスに対し、他の上級生が鼻で笑うように言った。

「素人は、これだから困る」

「そうそう。――ついでに、君の場合、上の人間に対する礼儀もなっちゃいないな」

「まったくもって、名門デュボワ家の名も地に落ちたもんだ」

「――なんだと?」

上級生を相手にアルフォンスが声を荒らげた瞬間、奥のソファーで寛(くつろ)いでいた人物が、軽く身体を起こして「おいおい」と仲裁に入った。

「悪いが、ここでの騒動は勘弁してくれ」

黒髪に黒い瞳。

サミュエルと同じくラテン系の濃い顔立ち。

おっとりしたもの言いの中にも、どこか人を従わせる貫禄があるその人物こそ、今期この学校で全校生徒の頂点に立っている生徒自治会執行部の総長であり、かつまた、ヨーロッパの小国であるモナド公国の公子であるグリエルモ・ステファノ・ファルマチーニ・デッラ・ピエトラーイア・ディ・モナドであった。

つまり、現在、この学校には、リュシアンと合わせ、将来一国を治めることになる人間が二人も在籍しているわけである。

それは、名誉なことであり、創立以来のことらしい。

もっとも、グリエルモの場合、この手の原石に関しては素人同然で、下級生がゲームの戦利品として持ち込んでくる石の判定は、もっぱら老舗宝石商の跡継ぎであるサミュエルを始めとする原石にも詳しい生徒が行っていた。

グリエルモは、先ほどからずっと取り巻き連中とお茶を飲みながら談笑していただけなのだが、その彼が動いたことで、あたりに緊張が走る。これぞまさに、生まれながらの王族としての威風であろう。

グリエルモが続ける。

「君——デュボワ家のご子息なんだね？」

「ああ」

「ま、君が腐る気持ちもわからなくはないけど、概して、加工前の原石というのは見た目では価値の判断がつきにくいもので、実のところ、今回の宝探しゲームでは、それらの内に秘められた真実の輝きを見つけだすというのがポイントなんだよ。そして、そのことは、人間にも当てはめて考えることができる」

「人間にも？」

「そう」

人さし指を振って強調したグリエルモが目線をあげ、居並ぶ下級生を前に「いいかな」

と一席ぶつ。

「このゲームを通じて見つけだしてほしいのは、価値のある石よりむしろ、これからの六年間を一緒に過ごす仲間たちの真の輝きであり、今回、互いに知り得たことを端緒にして、今後も互いを師として学んでいってもらいたい。——断言するが、相手の中に輝きを見つけたら見つけた分だけ、それが君たち自身の財産になる」

みんなが「ほう」と感心して首を大きく振る中、アルフォンスが唇を曲げて黙り込む。

そんな一連の流れを踏まえ、近くにいたアメジスト寮の寮長であるヘンリー・カッツがここぞとばかりに嫌みを放った。言わなくてもいいようなことであったが、こういう場で発言をすることで箔をつけたいのだろう。

「わかっただろう。ゲームといえども、きちんと意味があるんだ。——それなのに、友人の良さを見つけるどころか、上級生に対して喧嘩を売るような態度を取るとは、教育がなっていないないな、エメラルド寮は」

アルフォンスが在籍していることで責任を問われる形となったエメラルド寮の寮長であるヨハン・ヘルベルトが、チラッと同じ寮の筆頭代表と顔を見合わせてから渋々謝る。

「申し訳ない。以後気をつけさせるよ」

ちなみに、学校行事などをとりまとめる生徒自治会執行部は、最上級生となる第六学年に属する各寮の筆頭代表と第五学年に属する各寮の寮長によって構成され、さらに、彼らの御用聞きとして、それぞれの寮から第四学年に属する生徒一人が定期的に集っている。

ひとまず口を閉ざしたアルフォンスからルネに視線を移したサミュエルが、「それで」とうながす。その一瞬、わずかに口調がやわらいだのは、やはり親戚筋の子どもに対する親しみからだろう。ただ、ルネがここに来るまで二人は会ったことがなく、どちらもまだ相手に対し、さほどの親近感は抱いていない。

「ルネ、君が選んだ石はどれなんだ？」

「あ、はい」

慌てて制服のポケットを探ったルネが、取り出したものをサミュエルに渡す。

「これです」

すると、どこか嬉しそうにモルトブラウンの目を細めたサミュエルが、ルネに視線を戻して褒め称えた。

「えらいぞ、ルネ。よくやった」

それに続き、同じくダイヤモンド寮でサミュエルの御用聞きをしている第四学年のセオドア・ドッティも認める。

「たしかに、当たりだ」

「……そうなんですか？」

「ああ」

なぜ褒められたのかわからずにいるルネに、サミュエルが水晶を持ち上げて電灯に翳し
ながら説明してくれる。

「これは水晶に付随した金鉱石で、今回の宝探しゲームの中でも上位に入る高価なものだよ」

「──へえ」

知らなかったルネが驚き、隣でアルフォンスが大仰に眉をひそめる。おそらく、手柄を横取りされた気分なのだろう。

サミュエルが、水晶の根元部分を指で示して続けた。

「ほら、小さくて見逃しがちだが、この部分に、まぎれもなく純金がくっついていて、拡大鏡で観察すると、その奥にも純金が隠れているんだ」

「ふうん」

「だから、これは、二束三文であるように見えて、言ったように結構な価値がある」

「……知りませんでした」

「ということは、直感で選んだ？」

横からドッティに問われ、ルネは素直にうなずく。

「はい」

「それはそれで、すごい」

「さすが、デサンジュ家の人間だ」

「生まれながらの目利きってことだ」

口々に褒められてしまったルネであるが、そんなつもりはまったくなかったし、この展開はちょっとまずいかも、と思った彼自身は素直に喜べず、さらに恥ずかしさも手伝ってついつい下を向いてしまう。

そのため、その場には若干白けたムードが漂った。

眉をひそめたサミュエルが、「なんだい」と尋ねる。

「あまり嬉しそうに見えないけど、どうかしたのか？」

「いえ」

慌てて否定したルネが、「ただ」とアルフォンスのほうを気にしながら言う。

「宝箱を見つけたのはアル——デュボワだから、こんな風に僕が褒められるのは変かなって」

「でも、君だって協力したんだろう？　だったら、誰の手柄ってものでもないし、そもそも、今は価値のある石を選び出した目利きを褒めているんだ。——周囲のことなんて気にせず、もっと堂々と喜んだらいい」

「……はあ」

「それとも、協力していないのかい？」

問われた瞬間、正直なルネは言葉に詰まる。

それを不審に思ったらしいサミュエルが、再度問う。

「え、もしかして、本当に協力していない？」

それに対し、アルフォンスが小さく舌打ちするのが聞こえ、ルネは慌てて答えた。

「それが、僕、うっかりはぐれて、みんなには、宝箱どころか、僕を捜してもらうという手間を取らせてしまって、とても迷惑をかけたから、こんな風に褒められるのはやっぱり気が引けるというか……」

「なるほど」

ようやく納得した様子のサミュエルが、「でもまあ」と先ほど舌打ちしたアルフォンスに批判的な視線をやって続けた。

「チームなら、誰かがはぐれないようお互い目を配るのも必要だし、どっちが悪いというわけでもないだろう」

サミュエルのその言葉で、アルフォンスがかなり気を悪くするのがわかったが、今となってはあとの祭りだ。じたばたしたところで、ルネの意図とは関係なく、ものごとは悪いほうに転がる運命にあるのだ。

結局、アルフォンスがゲームの賞品として手に入れたのは小さなチョコレート菓子一つで、ルネのほうは、購買部やネットで使えるそれなりの金額のプリペイドカードであった。

一緒にいた他の生徒たちの石も判定され、各々がそれぞれの賞品を手にしたところで、彼らは執務室を辞した。

そして、案の定、廊下に出たとたん、アルフォンスの怒りが爆発する。

「まったく、信じらんねえ。なんで、あそこであんなこと言うわけ？」

自分に対する叱責だとすぐにわかったルネが、謝る。

「ごめん」

「あの言い方だと、完全に俺たちが悪いことになるよな？」

「そうかもしれない」

「『かも』じゃなく、そうなんだよ！」

怒鳴りつけられ、ルネが下を向いてなおも謝った。

「うん、本当にごめん。——そんなつもりはなかったんだけど」

「だから、そういうところがさ！」

アルフォンスが憎々しげに言う。

「ホント、お前って、自分勝手でわからねえ。——悪いが、当分顔も見たくないよ。お前なんて、どっか行っちまえ！」

言うなり、憤然と歩きだす。

一瞬、迷うように二人の間で視線をさまよわせた他の生徒たちも、結局、アルフォンスのあとを追いかけて小走りに立ち去った。

廊下に一人取り残されたルネは、ひどい自己嫌悪を覚えて重い溜息をつく。

どうして、こうなってしまうのか。

なぜ、自分は人と上手にコミュニケーションが取れないのか。

自分のどこが悪いのか。

悩んだままその場を動けずにいたルネに、その時、誰かが声をかけた。

「――えっと、大丈夫かい？」

ハッとして顔をあげると、そこにふたたびリュシアンの高雅な姿があった。ただし、前と違って、その顔には若干気まずそうな表情が浮かんでいる。

当然、さっきルネが泣いたことを気にしているのだろう。

とっさに謝ろうとして「あ」という形に口を開きかけたルネであったが、それが声になる前にリュシアンの背後にいた人物に睨まれ、急速にその勇気がしぼんでいく。

濡れ羽色の黒髪。

端整かつ彫りの深い顔立ち。

だが、なにより際立った特徴をあげるとしたら、そのプラチナルチルのように底光りする銀灰色の瞳であろう。人を視線で殺せるとしたら、彼の目は確実に相手を仕留められるくらい冷ややかで鋭い視線の持ち主だ。

ジュール・アンブロワーズ・エメ。

ルネたちと同じく第一学年の生徒でありながら、ずっとおとなびた佇まいの彼は、リュシアンの護衛兼世話係として「抱き合わせ入学」をしたと噂されていて、事実、リュシアンのそばには必ずと言っていいほど、彼の姿があった。

エメの迫力に呑まれたルネは、リュシアンに対し、囁くような声で答える。

「……ありがとう。でも、大丈夫だから気にしないで」

言うなり、またもや逃げるように立ち去った。

6

走り去るルネの背中を見送ったリュシアンが、背後を振り返ることなく「なあ、エメ」と冷ややかに尋ねた。

「今、君、彼のことを睨んだだろう?」

「いいえ」

「嘘だな。——絶対に睨んだはずだ」

断言したところでようやく振り返り、この上なく造形の美しい顔をしかめて迷惑そうに文句を言う。

「そうでなければ、なにか言おうとして顔をあげたあとで、天敵から逃げる野ウサギみたいにすたこらさっさと行ってしまうはずがない」

彼らは、ルネたち同様、見つけた宝箱と、それぞれが選んだ石を持って生徒自治会執行部の執務室を目指してやってきたのだが、途中、二人を除いたチームメイトがトイレに行きたがったため、こうして先に来て後続を待っている。

その間隙を突いての会話だ。

「そうですか?」

リュシアンの鋭い視線をひるむことなく受けとめたエメが、主従関係にあるとは思えない尊大な態度で言い返す。

「でも、私の記憶に間違いがなければ、さっきも彼は、まさに天敵を前にした野ウサギのごとく、貴方を突き飛ばして逃げだしたように思いますけど？」

「――いや、だから、それは」

痛いところを突かれ、リュシアンは一瞬返答に窮する。

少し前の校舎脇での一件を、どうやらエメは途中から見ていたらしく、あのあとしつこく質問されたのだ。

ただ、エメのいた位置からではルネが泣いたことまではわからなかったようで、なにかを巡ってリュシアンとルネの間で口論になったと思っている。

そこで、リュシアンは、これ幸いと沈黙を決め込んだ。

なんといっても、初対面の同級生を相手に、うっかり口説き文句のような台詞を言ってしまった挙げ句、相手を泣かせてしまったなどとは口が裂けても言えない。そんなことが知られようものなら、一生、そのことでからかわれる。

ややあって、肩をすくめたリュシアンが言う。

「色々と事情があってのことだから」

「事情ね」

失笑気味に繰り返したエメが、間髪を容れずに問いつめる。

「その事情とやらについて、私はさっきから訊いています」

「だから、複雑で説明するのが難しいと、僕もさっきから答えているだろう」

「たしかに」

あっさり認めたエメが、「ただ」と強気に主張する。

「そうやって曖昧な返答をされている以上、人を理由もなく突き飛ばして逃げるような危険人物を、私が貴方のそばから排除するのは仕方ない。——そのことで、貴方に文句を言われる筋合いはないですね」

「あるさ。——断じてある」

水掛け論だと自覚しながら、リュシアンが鬱陶しそうに言い返した。

「まず、彼は絶対に危険人物などではないし、僕を突き飛ばしたのにだって、ちゃんとした理由があるんだ」

「へえ。——どんな?」

「言わない」

そこはきっちり拒否して、リュシアンが「とにかく」と話をまとめる。

「今後、なにがあろうと、彼のことをその凶器みたいな目で睨みつけて、僕のそばから追っ払ったりするな。——もし、命令を聞けないようなら、父上に訴状を書いて君を首にしてもらうから」

「それはまあ、お好きにどうぞ」

さして恐れるでもなく応じたエメが、口の端を歪めて続ける。

「でも、私くらい優秀な人材を、貴方のご両親が手放すとは到底思えませんけど」

リュシアンの両親とは、即ちアルトワ王国の国王夫妻のことであり、当然、その命令は絶対だ。

いかにリュシアンといえども、口をはさめる問題ではない。

そして、本人の言葉通り、学業優秀で調査能力に長け、かつ身体能力にも優れたエメは、国王夫妻のたっての希望で、リュシアンの護衛兼学友として国外にあるこの学校に入学することになった。

そのあたりの事情を誰よりもわかっているリュシアンが、「は」と吐き捨てて応じる。

「相変わらず、たいした自信だよ。ま、その高い鼻が、そのへんに突き出た枝にでも引っかからないよう、せいぜい気をつけるんだな」

「ご心配なく。身の丈は把握しております」

ああ言えば、こう言う。

幼馴染みとして育ち、互いに遠慮がないとはいえ、時々、リュシアンは本当にエメを遠ざけたくなることがある。

あるいは、高すぎる鼻っ柱をへし折りたくなった。

今も、ほとんど負け惜しみのような心境で、『不思議の国のアリス』に出てくるハートの女王のような台詞を吐く。

「覚えておけ。——僕が国王になったら、即刻首を切ってやる」

「結構」

リュシアンの意に反し、これまた飄々と応じたエメが、「その頃までに」と答えた。

「貯められるだけお金を貯めて、南フランスあたりに移住し、悠々自適なリタイア生活を送りますから」

それに対し怒りより呆れが勝ったリュシアンが、身長がほぼ同じ相手をマジマジと見つめながらつぶやく。

「……なんか、それって、爺むさいくらい完璧な人生設計だね」

「『爺むさい』は余計です」

つまり、完璧な人生設計と言いたいらしい。

だが、十代の青年が抱く将来像としては、やはりちょっとロマンに欠けると思ったリュシアンが、「せめて」と応じる。

「世界一周の旅に出るとか、遺跡やお宝を掘り当てるとか、映画を撮るとか、音楽を作るとか、それっぽい夢を持つ気はないのかい？」

「そうですね」

少し考えたあと、エメが肩をすくめて応じた。

「ま、気が向いたら」

そこへ、遅れていたチームメイトたちがバタバタとやってきたため、会話を中断したリュシアンとエメは、扉をノックし、中から応えが返ったところで入室する。

とたん、執務室の中がこれまでにないほど華やいだ。

太陽神アポロンの降臨。

そんな表現で称えたくなるほど、リュシアンは現実離れした神々しさを持っている。

とっさに見惚れた上級生たちの中からグリエルモが真っ先に進み出て、リュシアンの愛称を呼びながら笑顔で迎え入れた。

「やあ、リュリュ」

「どうも、ウィル」

モナド公国とアルトワ王国は、ヨーロッパの小国同士ということで長らく友好関係にあり、二人も、後継者として昔から付き合いがあったのだ。よって、呼び方もこのように親しげである上、どちらも、立ち居振る舞いが、あたかも国賓を迎えての晩餐会の席にでもいるかのような折り目正しさだった。

身体を離したグリエルモが誘う。

「ちょうどいい。せっかくだから、お茶でも飲んでいかないか。久しぶりにゆっくり話をしようじゃないか」

だが、奥のソファーセットには、第五学年の寮長たちも遠慮して座っていないため、その場が一瞬緊張する。

それを敏感に察したリュシアンが、困惑気味に断った。

「いや。こんな時に、僕だけお茶に与（あずか）るというわけには……」

「そうか?」

「ええ」

「まあ、そうか」

どこか拍子抜けした様子のグリエルモに対し、リュシアンが気を遣って付け足した。

「でも、今度、プライベートの時間というのであれば、ぜひ」

「そうだな」

グリエルモも最後は納得してうなずいたが、それでも、室内にどこか白々とした空気が流れたのは否めない。

受け入れても地獄。

断っても地獄。

この矛盾を、どう解消していったらいいのか。

幸い、嘆息しそうなリュシアンを、いいタイミングでサミュエルがうながしてくれた。

長らく王侯貴族を相手に商売をしてきた老舗宝飾店の家に育ったサミュエルは、そのあたり、実に察しがよく、色々な意味で気がまわる。

「それなら、君の戦利品はどれだい、サフィル＝スローン。——当然、ここには、それを持ってきたんだろう？」

「ああ、はい」

ホッとしたリュシアンが、ポケットから石を取り出してテーブルの上に置く。

「これです」

三センチ大の黒みがかった石。薄くなった端のほうがわずかにボトルグリーンの美しい色合いを帯びているとはいえ、正直、あまり良さそうなものには見えない。

だが、それを見たサミュエルは、なんとも興味深そうに唇の端を吊りあげる。

「なるほど。君は、数ある石の中から、モルダバイトの原石を選んだのか」

「はい」

それに対し、グリエルモを始めとする他の執行部のメンバーが、わらわらとテーブルの近くに寄ってくる。

「モルダバイト？」

「なんだ、それ」

「その黒っぽいのがそうなのか？」

「あまり聞かないな」

口々に言う彼らの口調がなんとも訝しげであるのも、無理はない。先に言ったように、見た目はそれほどパッとしない石だからだ。

それゆえ、チーム内でも、宝箱を見つけたあと、ちょっとした騒動が起きた。

というのも、異国の皇太子を尊重するチームメイトたちが、リュシアンに真っ先に石を選ぶように言ってくれたので、リュシアンがこのモルダバイトを取ったところ、それを他の生徒への遠慮と見做した彼らに、「こっちにすれば」とか、「こっちのほうがきれいだよ」と、散々違うものを薦められてしまったのだ。

だが、正直、遠慮などではなく、リュシアンは、このモルダバイトを見た瞬間、なんとしても手に入れたいと思った。

絶対に人には譲りたくない、と。

ジュエリーとして名の通っている貴石類とは違い、半貴石に分類されるモルダバイトは一般にはあまり知られていないが、知る人ぞ知る、希少石である。原石の価値や相場については、リュシアンにもあまり詳しいことはわからなかったが、正直、そんなことはどうでもよく、とにかく彼はこの石が気に入っている。そのことに、理屈や、他人が決める価値基準など必要なかった。

そんなリュシアンの前で、手にした原石を陽光に翳しながら、サミュエルが滑らかな口調で誰にともなく「モルダバイトは」と説明し始める。

「最近の研究から、千四百五十万年前に南ドイツのネルトリンゲンに落下した巨大隕石が原因でできた天然ガラスであることがわかっていて、それが飛散した結果、チェコのモルダウ川周辺でのみ採取することができるようになったために、この名前がついたんだ」

「つまり、石ではなく、正確にはガラス？」

「そう。だから、研磨すればボトルグリーンの美しい加工品ができあがるし、場合によっては、さらに透明度の高い淡い色の宝飾品にも仕上げられる」

「へえ」

渡されたものをまじまじと眺めるグリエルモに向かい、サミュエルが「ただ」と少し口調を丁寧なものに変えて付け足した。

「愛好家の間では、昔から玄人好みの石として人気はそれなりに高かったんですが、昨今のパワーストーンブームでヒーリング系のものとして人気が沸騰してからというもの、購入の際は気をつけないと、偽物がたくさん流通しているのが現状です」

「そうなのか？」

眉をひそめたグリエルモが、勘繰るように訊き返す。

「――ちなみに、これは？」

「もちろん、本物ですよ。鑑定書もあります」

保証したサミュエルが、話を続ける。

「今言ったように、これを『パワーストーン』と見做した場合、よくあげられる効用として、手にすると安心感に包まれ、究極の癒やしをもたらしてくれるそうですが……」

言いながら反応を窺うが、首をかしげたグリエルモは、ほどなく石を突っ返した。

「よくわからないが、安心感というよりザワザワした感じかな」

「ああ。それは、逆に慣れない人間が持つと石あたりという湯あたりに似た症状を引き起こすとも言われているので、そのせいかもしれませんね。――なんであれ、宇宙起源ということで、前世からのカルマを解消し、精神的な成長をうながすと考えられている石です」

「ふうん」

今一つ、信用していない様子のグリエルモが「だけど」と訊く。

「そもそものこととして、そんなこと、誰が決めたんだ？」

「それは、僕にもわかりませんが、なんであれ、この石は、今回、宝探しゲームを主催するに際し、代わり映えのしない品々の中に少し目新しいものを加えてみようと思い、父が買いつけてきたものをもらい受けて、目玉の一つとして提供したんです。――ほら、加工前の原石は、この通り、黒ずんでいてさほど目立つものではないし、これを一番貴重なものとして選び出すのは難しいだろうと考えてのことでしたが、さすが、サフィル＝スローンの目は誤魔化せなかったということかな」

褒めながらサミュエルが視線をリュシアンに流したので、当のリュシアンが「ええ、まあ」と目を合わせながら応じる。実は、それまで、リュシアンの目は人の手から手に渡るモルダバイトをずっと心配そうに追っていたのだ。

今も、目の端でモルダバイトをしっかりとらえつつ、表面上は相手の目を見て続ける。

「王宮の宝物庫に、先代の国王が妻に贈った宝飾品として、モルダバイトの美しいネックレスがしまわれているのですが、以前、それに興味を抱いて調べたことがあるんです。その時に、たまたま原石を目にしていたので」

「へえ、さすがだな」

「一国の王子ともなると、本物を見る機会が豊富でいいものだ」

「ありがとうございます」

謙遜(けんそん)するでもなく、あくまでも淡々と賛辞を受け入れたリュシアンに対し、苦笑したサミュエルが訊く。

「――で、どうする、サフィル＝スローン?」

「どうする、とは?」

質問の意味を取り損ねたリュシアンに、サミュエルが説明を加えた。

「本来なら、宝箱の中で一番価値のあるものを選び出した君には、石と引き換えに一等賞品のプリペイドカードを渡すところなんだが、そのモルダバイトの価値はちょうどそれと同等くらいなので、なんなら、君が欲しいほうを選んでくれて構わない」

「本当に？」

「ああ」

どうやらサミュエルは、リュシアンがこのモルダバイトに執着しているのに気づいていたようで、将来上客となりそうな人物の要望には、すぐさま応えられるということを暗に示しているのだろう。

そういう意味で、本当に同等かどうかは怪しいものである。

サミュエルが付け足した。

「まあ、現実に即して考えたら、日常で使えるプリペイドカードを選ぶべきなんだが、モルダバイトは、今後価値があがる可能性もあるし、なにより、二度と同じものが手に入らないという点ではお薦めだ」

「でしたら、もちろん、このモルダバイトをもらいます」

即決したリュシアンを、そばにいたエメがチラッと見る。

その目は、明らかになにか言いたそうであったが、その場では沈黙したまま、他の生徒たちもそれぞれが選んだ石に見合った賞品を手にし、彼らは生徒自治会執行部の執務室をあとにした。

7

その夜。

ルネは、寝つけないまま、ベッドの上で寝返りを打った。

部屋の反対側にあるベッドからは、先ほどからずっとアルフォンスの規則正しい寝息が聞こえている。それは、決して耳障りというほどではなかったが、彼のことを嫌いな人間が聞いたら、その安穏とした音にイライラするかもしれない。

そして、今のルネの心境からすると、それはなかなか微妙な線であった。

とはいえ、眠れないのは寝息のせいなどではなく、再度寝返りを打ったルネは、握っていたターコイズを見ながら、今日一日で起きたことをあれこれ考える。こうやって考えるから寝つけなくなるのはわかっているのだが、興奮しているのか、次々といろんなことが頭に浮かんでくるのだから仕方ない。

一つは、リュシアンのことだ。

本当に驚くほど、美しい瞳をしていた。

まさに、サファイアそのものだったし、奥のほうに立ちのぼる青白い炎のような揺らぎは、本物のサファイアの魅力をはるかに超えていた。少なくとも、ルネがこれまで見たことのあるサファイアには、あのような不可思議な輝きは宿っていなかった。

　そのリュシアンが、ルネの瞳を見て、「心惹かれる」と言った。

　リュシアンの瞳とは比べ物にならないほど、中途半端な色をした瞳なのに、だ。

　彼の真意は、どこにあったのだろう。

　経験上、ついつい疑り深くなってしまうルネであったが、あの時のリュシアンに悪意は微塵も感じられなかった。

　それなのに、いきなり泣きだして突き飛ばし、その場から逃げだしてしまった。

　さぞかし驚いただろうが、結局、あの時のことを謝る機会も逸してしまい、理由を説明できないままだった。

（……まあ、たとえ、うまく説明できたところで、なにがどうなるというものでもないのだろうけど）

　半ば諦めに近い心境に陥ったルネは、ターコイズを見つめながら、「それより」と別のことに思いを馳せた。

　あの時に見えた老婆は、なんだったのか。

　現実に存在しないものであったのは間違いないが、なぜ、あの場所にいてルネのことを呼んだのだろう。

　もちろん、声に出して呼ばれたわけではなかったが、ルネは、どうしてか、あの老婆に呼ばれたような気がしてならない。

そして、近づいた先で拾ったのが、このターコイズだ。

（ターコイズか）

ルネは、思う。

決して珍しい石ではない。

むしろ、偽物を含めれば、巷（ちまた）にあふれているといっていい。

ただ、本物のターコイズというのは、このご時世、なかなか手に入りにくく、まして道に落ちているなどということはないはずだ。

だから、本物ではない可能性のほうが高かったが、ルネは、不思議とこれが本物である気がしてならない。

そして、かつての輝きを取り戻すのをじっと待っているように思える。

とはいえ、残念ながら、一度こんな風にくすんでしまったターコイズがもとの輝きを取り戻すことはなく、磨いたところで意味はないのだが、なにもせずにいるくらいなら、磨いたほうがいいだろうし、そのことで罰はあたらないはずだ。

（ま、こうして拾ったのもなにかの縁だろうし、ひとまず磨いてあげよう。――そのほうが、僕も落ち着くし）

考えたルネは、それを掌（てのひら）でギュッと握りしめながら眠りに落ちた。

すると、その晩、彼はおかしな夢を見た。

見たことのない扉の前に立っている夢だ。

その扉は、まるで大きなマンホールを縦にしたような円形をしていて、表面に不可思議な記号がたくさん描かれている。

周囲は洞穴のような場所で、明らかに地下とわかる。

（この扉は、なんだろう……？）

初めて見るのは、間違いない。

いったい、どこへ続く扉なのか。

考えていると、背後で声がした。


――そうやって見ていたところで、扉は開かない。わかっておろう。


ハッとして振り返ると、昼に見た老婆が隅のほうに座り込んでいた。先ほどと同じように、くすんだ色のマントを羽織っている。

そこで、ルネは尋ねる。


――わかりません。この扉は、なんですか？

——開かれるのを待っている扉だ。

——開かれるのを待っている？

——そう。

——それなら、いつ開かれるんですか？

——それは、誰にもわからない。

——それなら、貴方も、そこで開かれるのを待っている？

——いや。

首を振った老婆が答える。

——私が待っているのは、「時」だよ。

——「時」？

繰り返したルネが、訊き返す。

——なんの？

だが、老婆は答えず、逆にルネに尋ねた。

――お前は、なぜ止まったままでいる？

言いながら、手にしたターコイズをポンと放り投げたため、それが地面に落ちたところを拾いあげながら、ルネは訊き返す。気のせいか、それは、昼にルネが拾ったターコイズと瓜二つだった。

――僕？

――そう。お前は自分で自分の時を止めてしまっている。

――自分で、時を？

――ああ。

それに対し、唇を引き結んだままルネが老婆にターコイズを渡すと、なにを考えているのか、彼女は、それをふたたび放り投げて地面に落とした。

眉をひそめたルネが、それでも、先ほどと同じようにターコイズを拾いあげて老婆に渡すと、彼女はまたもやそれを放り投げる。

（もしかして、彼女には必要ないのだろうか……？）

そんなことを思いながらも、ルネは辛抱強く拾って老婆に渡す。

老婆が投げ、ルネが拾う。

その繰り返しだ。

ルネが、何度目になるかわからない状態でターコイズを拾っていると、そんな彼の頭上で老婆が言った。

——だが、お前の知りたいことは、その先にしかなく、時が止まった者に、止まった時は動かせぬ。

——え？

いったいなんのことかと思って顔をあげると、そこに老婆の姿はなく、同時に、ルネはいきなり目を覚ました。

「——え？」

あまりに唐突な覚醒（かくせい）に若干混乱しながら、ルネはベッドの上で半身を起こす。

朝だ。

至ってふつうの朝である。

ただ、ルネは、全然寝た気がしない。

まるで、時間をごっそりとすっ飛ばしてしまったかのように、眠りに落ちてから朝までが一瞬だったように思えた。

（それに、あの夢――）

すでに断片しか思い出せなくなっているが、なんとも不可思議な夢だった。

夢の中に例の老婆が出てきて、なにかを言っていた。

だが、今となっては、なにを言われたのか、よく思い出せない。

（すごく、大事なことを言われた気もするんだけど……）

急速にすべてが曖昧になっていくのを感じつつ、ひとまずベッドを降りようとしたルネは、その反動で床に転げ落ちたターコイズを拾いあげながら思う。

（でも、そうか。この石……）

考え込んでいると、部屋の反対側のベッドでアルフォンスがごそごそと動きだす気配がする。

そこで、熾烈（しれつ）な争奪戦が始まる前に洗面所を使ってしまおうと、ルネは、ひとまずターコイズを机の上に置いて、急ぎバスルームへと向かった。

第二章　広まる情報

1

翌日の昼休み。

ルネは、図書館にある個別の閲覧室で、一人、机の上に本を開いたまま、せっせとターコイズを磨いていた。

近年、校舎の隣に新しく建てられたこの図書館は、視聴覚室やパソコンルームなどを併設した快適な場所で、実用的な図書類はすべてここにある。

それに対し、校舎の一角に今も存在する図書室には、古式ゆかしい革装丁の立派な本が並べられ、ギャラリーに展示された美術工芸品とともに、子どもの入学を考える親たちやマスコミ各社の見学場所として一般に公開されている。

ルネは、そんな図書室の古びた感じがとても好きであったが、使い易さという点でいったら、やはり、どうしたって設備の整ったこっちの図書館だった。

とはいえ、今は勉強しようと思ってきたのではない。寮の部屋に戻る気がせず、ここを避難場所にしているだけである。なにせ、昨日の宝探しゲーム以来、アルフォンスの機嫌がすこぶる悪く、部屋に居づらくなってしまったからだ。

アルフォンスは、不機嫌さを隠そうともしない。

むしろ、当てつけるように苛立ちを表現するが、そうかといって、直接なにか文句をつけてくるわけではないため、ドンとか、バンとか、大きな音がするたび、ルネはビクリと飛び跳ねてしまう。

本当に、精神衛生上よくなかった。

だが、いったい、ルネのなにに怒っているのだろう。

それが、さっぱりわからない。

あの時、ルネがチームからはぐれてしまったことか。

それとも、宝箱を見つけるのになにも貢献しなかった彼が、チーム内の一等賞品をかっさらっていったことか。

負けず嫌いのアルフォンスなら、それも十分に考えられる。

だが、たぶん、そうではない。

たしかに、きっかけはそうかもしれないが、彼の怒りの根源は、そんな些細なことではなく、その奥に根深いなにかが存在しているのだろう。
（たぶん、アルは、僕の存在そのものに怒っている……）
ルネのことが、本能的に嫌いなのだ。
あれこれ言い訳をしたところで、それが現実である。

――正直、一緒いるのはつらかった。

最後にそう言い残して、立ち去った友人。
そこで、ルネの心は日本で過ごした小学校時代に飛ぶ。

――その本、面白いよね。

当時から図書館を避難場所にしていたルネに、その友人が話しかけてきたのは、小学五年生になってすぐのことだった。
図書委員をやっていた彼とはずっとクラスが違ったため、話すのはその時が初めてだったが、本に安らぎを求めるという点で似通っていたせいか、ルネにしては珍しくすぐに打ち解けることができた。

海外のファンタジー小説から子ども向けのSFまで、二人の趣味はぴったりと合い、時には自分たちで物語の続きを書くなど、彼方(かなた)の世界を存分に楽しんだものである。

その頃には、イジメに対する学校側の指導が厳しくなったこともあって、ルネの容姿に対してどうこう言う生徒も減り、学校生活が一番安定していた時期ではあるのだが、長年培ってきた不信感というのは容易に消えず、ルネは相変わらず顔見知りのクラスメイトには馴染(なじ)めずにいた。

唯一の例外がその友人で、放課後の図書室で育(はぐく)む友情は日を追うごとに濃密になっていった。夏休みを一緒に過ごし、同じ私立中学校を目指して受験勉強し、結果、二人とも見事に合格する。

そうして、新たに迎えた中学校生活で、あの事件は起きた。——いや、実を言うと、その前から予兆はあった。

小学校の卒業式を終え、春休みに二人で映画を観に行く約束をしていたのだが、それが急にキャンセルされてしまい、ちょっと変だなとは思っていたのだ。でも、風邪を引いたからという理由に対し、ただ長引いているだけかと考えていたのに、回復したら仕切り直そうという話が出ることもなく、春休みは過ぎていった。

そんな中、久しぶりに会った友人から放たれたのが、あの言葉である。

——君なんて知らない。友だちなんかじゃない！

そう告げた時の友人の目が忘れられない。

（あれは、恐怖に満ちた目だった……）

ルネの中にあるなにかが、彼を怯(おび)えさせてしまったのだろう。

原因は、本当にわからない。

ただ、自分は人から嫌われる。

それは、経験上、まぎれもない事実である。

海を越え、遠い土地に逃げてきたからといって、ルネ自身が持つ根本的ななにかが変わらなければ、その事実が翻ることもないはずだ。

ターコイズを磨く手に力を込めつつ、ルネは絶望的に思う。

（きっと、僕は、無意識に人をイライラさせるか、でなければ、ひどく怖がらせてしまうんだろうなあ……）

だけど、どうしてなのか。

ルネのどこが、人の気を悪くさせてしまうのか。

自覚がないだけに、努力して直すこともできず、ただただ、こうして孤独に耐えるしかない。

それは、なんと悲しいことであるのか。

（せめて、誰かがはっきりと、お前のここが悪いと教えてくれたらいいのに――）

あれこれ思いを巡らせるうちにひどく落ち込みそうになったルネは、頭を振ってそれらの考えを追いやり、ターコイズを磨くことに集中する。

あの夢を見て以来、彼は、時間が許す限り、このターコイズを磨いていた。

キユッキユッキユッ、と。

一心不乱に磨く。

それは、もちろん、ターコイズをきれいにしてあげようという思いからであったが、そうすることで、ルネ自身、心の汚れが落ちるような気がして、不思議と荒れていた気分もやわらいでくるのだ。

実を言うと、こうして古びた石を磨くことは、今に始まったことではない。

むしろ、昔からやってきたことであり、母方の曾祖父（そうそふ）から教わった負のエネルギーの解消法の一つであった。

山梨で隠居生活を送っていた曾祖父はどこか仙人めいた静謐（せいひつ）さを持った人物で、実際に裏山にある古い神社の管理人をしていた。鳥居にかかる表札に消えかけた文字でうっすらと「玉置（たまき）神社」とある通り、そこは古来なんらかの石を祀（まつ）ってきた神社であるらしく、昨今はパワーストーンのお祓（はら）いを頼む人が増えていると聞く。

そんな曾祖父が住んでいる山間の大きな屋敷には、どこから持ってこられたのか、紫水晶の大きなドームがあった。本当に大きなドームで、幼稚園児くらいの背丈なら、中に入り込んで眠ることもできたし、実際にルネはそこでよく寝ていた。

幼い頃からおかしなものを見やすかった彼は、その紫水晶のドームが大好きで、夏休みや週末など、曾祖父の家に遊びに行った時は、いつも、その中にこっそり隠れてジッとしていた。そこにいる間だけは、日頃ルネを襲うさまざまな恐怖から解放され、心の底から安らぐことができたからだ。

そんなルネに、曾祖父が、ある時、古い水晶をくれ、東京でなにか怖いことや嫌なことに遭遇したら、その水晶を磨くように言った。

水晶を磨く――。

その行為は、幼いルネにとっては不思議でしかなかったが、言われた通り、東京に戻ってから磨いてみたところ、ルネの中に渦巻いていた恐怖心や怒りがスッと消え失せ、気分がすっきりすると同時に、その頃見えていたおかしなものも見えなくなったのだ。

ルネは、感動した。

例の紫水晶のドームの中にいる時ほど完璧な安心感は得られなかったものの、水晶を磨いている時の清浄感は、彼に新たな希望をもたらしてくれた。

古い石を磨くことと、なにかが消え去ること。

両者にどんな因果関係があるのかは今もってわからないし、本当になにか特別な力が働いているかどうかも、明言できない。

でも、そのおかげで、実際にルネは救われ、一時はクラス中から無視されるようなことがあっても、なんとか耐え抜くことができた。

（あの日までは――）

ふたたび過去へと思考が飛びそうになり、小さく溜息をついたルネは、気を取り直してターコイズを磨いた。

日本を離れて以来、古い石を磨くことなどすっかり忘れていたルネであったが、こうして拾ったのもなにかの縁だし、このターコイズはひとまずこのまま磨き続けてみることにする。

半分は、ターコイズのため。

もう半分は、ルネ自身のためである。

いわば、もちつもたれつの関係だ。

そうして、ターコイズをせっせと磨くルネの脳裏に、ふいに夢の中で老婆に言われたことが蘇ってきた。

――時が止まった者に、止まった時は動かせぬ。

（ああ、そうか。あの時、お婆さんは、そんなようなことを言っていたっけ）

目覚めてすぐは朧になってしまっていた夢の記憶が、なにがきっかけになったのか、急に思い出せた。

（僕の時が止まっている――）

そんなことも、言われたはずだ。

いろいろと思い出し始めたルネは、そこで改めて考える。

（だけど、止まった時って――？）

それは、いったいどの時間のことを言っているのか。

そもそも、時というのは自然に流れているものであって、勝手に止めたり止まったりするものではない。

だが、老婆の言葉を信じるなら、ルネの時は止まっていて、知りたいことはその先にしかないということだ。

（僕の時は止まっている。――でも、本当に止まっているなら、僕は死んでいることになるわけで……まあ、ある意味、死んでいるも同然だけど、でも、やっぱり生きて呼吸しているし、嫌でも時間は過ぎていく。……だけど、もしかして、僕の知らないどこかに時の止まった場所が存在しているのだろうか？）

そこで、ルネは、片手で額を押さえながら悩む。

（う〜ん。わからない）

考えれば考えるほど、わからなくなる。

だいたい、いつだって夢というのは曖昧である上、時間が経てば経つほど、どんどん内容を忘れていってしまうものであって、こうして思い出したり、覚えていたりしたとしても、中身が正しいとは限らない。

むしろ、理論上、大いなる矛盾を孕んでいたりする。

結局、考えているうちに混乱が増してしまったルネは、午後の授業が始まる時間になったところで、ターコイズをポケットにしまい、図書館をあとにした。

2

同じ頃。

図書館に隣接する学生会館にある生徒自治会執行部の豪奢な執務室では、昨日の宝探しゲームに関連したさまざまな話題で盛り上がっていた。

その中で、ルネの名前もあがってくる。

ただし、彼自身がどうこうというより、副総長であるサミュエルの親戚筋という位置づけにおけるフォーカスの仕方であった。

「ルネ・イシモリ・デサンジュか」

総長のグリエルモが、一つ学年が下で副総長であるサミュエルに対して言う。

「顔立ちがよくて、本能的に目利きでもあるようだったし、君の親戚は、なかなか将来性のありそうな青年じゃないか」

「まあ、そうですね」

「でも、従兄弟ではない？」

別の生徒の質問に、サミュエルが「うん」と応じる。

「祖父が三兄弟で、うちが長男であったのに対し、彼の祖父は三男だ。つまり、僕にとっては、大叔父にあたる人の家系ということになる」

「なるほど」

「あれ。——それって、もしかして」

サミュエルの御用聞きである第四学年のドッティが、かなりコアな情報を持ち出す。

「一昔前、宝石の加工業界で天才研磨師として名を馳(は)せたザカリ・デサンジュ氏の家系ってことですか？」

「ああ」

「へえ。——彼、ザカリ・デサンジュ氏の孫なんだ」

ドッティとは対照的に、世俗的な事柄にしか興味のなさそうな生徒が、「でも、だとしたら」と尋ねた。

「彼が、君のところの莫大(ばくだい)な遺産を受け継ぐことはないってことか」

「それは、うちの家系が、なんらかの理由で途絶えなければ、そうなるけど、そんなのは誰にもわからないことだし、それ以前のこととして、彼の母方の石守(いしもり)家は、戦後、日本有数の複合企業(コングロマリット)を創(つく)りあげた一族だから、彼はデサンジュ家の遺産などなくても、十分贅沢(ぜいたく)な暮らしができる身だよ」

「へえ」

その情報でルネへの見方を変えたらしい生徒に対し、アメジスト寮の寮長であるカッツが「だけど」と批判を口にする。

「どれほど裕福でも、あれは、社交性に難ありだろう。――みんなは気づいたかどうか知らないけど、彼、人の目をまともに見ようとしない」

蜂蜜色の髪に薄茶色の瞳。

ゲルマン系の特徴を有する顔立ちは決して悪くないのだが、なにが不満なのか、常に口の端がさがったつまらなそうな表情をしている。

そして、実際、よくこんな風に不満や批判を口にした。

ドッティが、そんなカッツに応対する。

「それは、彼が日本で育ったからでしょう。――日本人は、相手の目を見て話すのが苦手と聞いたことがありますよ」

「でも、ここは日本じゃない」

カッツがあくまでも主張を変えないため、サミュエルが溜息をついて応じた。

「それは、申し訳なかった。そのうち、僕のほうから注意しておくよ。――それでいいかな？」

下手に出られ、さすがにそれ以上文句を続けようのなかったカッツが、フンと鼻を鳴らしてそっぽを向く。

すると、ルビー寮の寮長が「だけど」と異論をはさんだ。

「僕が見た限り、彼の場合、日本人だからというより、例のデュボワに対して萎縮してしまって、あんなおどおどした態度になっているという気がしないでもなかったな」

アルフォンスの名前があがったところで、それに同調する生徒が現れる。

「それは言えている」

「デュボワは、相当扱いにくいようだから」

「すでに、二度も部屋替えをしているわけだろう？」

「入学して二ヵ月足らずで二度って、そりゃ、相当なペースだよ。少なくとも、これまでになかったのは、たしかだ」

「三度目も近そうだしね」

誰かの言葉に対し、別の生徒が、「三度目と言えば」と尋ねる。

「今って、デュボワの次の部屋替えのタイミングが賭けの対象になっているって聞いたんだけど、僕も一口乗せてくれないかな？」

「いいよ」

「昨日の様子からして、一週間以内に部屋替えをする――というのに賭けたい」

「いくら？」

「そうだな。――オッズは？」

それからしばらく、生徒自治会執行部の面々は、下級生を対象とした賭けの話で盛り上がる。

やがて、賭けの話題も落ち着いたところで、一人の生徒が「にしてもなあ」と少々つまらなそうに言いだした。

「今年も、やっぱり、なにも出なかったね」

「たしかに」

「毎年、もしかしたら、誰かが本物の『賢者の石』を探し当ててくるのではないかという淡い期待があるもんだけど、結局は、こうして裏切られる」

「だよなあ」

「まあ、それも当然だけど」

そこで、居並ぶ生徒自治会執行部の面々に失笑が起きる。

実を言うと、昨日、ルネたちも途中話題にしていたが、この学校には、敷地内のどこかに、歴史上あまりにも有名な「賢者の石」が埋まっている——という伝説があった。

誰が、いつ、言いだしたことなのか。

詳しく知っている人間は、もういない。

つまり、それくらい古くからある言い伝えだった。

とはいえ、「賢者の石」というのは、そもそものこととして、実態が定かではない幻の宝物であることがわかっているため、良識のあるおおかたの生徒は、そんなものが本当にあるとは信じていなかった。

所詮(しょせん)は夢物語だ。

「賢者の石」というのは、錬金術師たちが作りだした幻に過ぎない。

わかってはいるが、それでも、なぜか毎年、この時期になると、「宝探しゲーム」と称して事前に埋められた宝箱を見つけてくるという遊びの中で、偶然にも本物のお宝が掘り返されるのではないかという妙な期待感が漂うのだ。

それで、主催者側も少しだけそわそわする。

だが、結局は、今回のようになにも起こらず、「やっぱりね」と言って失笑し合うのが常だった。

「だけど、そういえば、今年は」

アメジスト寮の筆頭代表が、ふと思い出したように言いだした。

「どうしてか、新入生の間で『ホロスコプスの時計』がクローズアップされているようなんだよ」

「へえ?」

知らなかったらしい別の筆頭代表が興味を示し、「でも」と訊(き)き返す。

「そんな話、誰に聞いたんだろう?」

「たしかに」

応じたルビー寮の寮長が言う。

「僕なんて、知ったの、わりと最近なのに」

すると、一人掛けの椅子(いす)に座って頬杖(ほおづえ)をついていた副総長のサミュエルが、「それなら」と心当たりをあげた。

「おそらく、先日亡くなったクラウザー氏からの情報だろう」

「クラウザー？」

ドッティが考え込むように額に手をやり、ややあって思い出す。

「ああ、もしかして、以前、司書のオルダーとよく食堂で話し込んでいた老人ですか？」

「そう」

「え、彼、亡くなったんですか？」

「残念ながら。——とはいえ、大往生だったと聞いているから、そう悲観するような話でもないんだがね」

説明したサミュエルが、「彼は」と懐かしそうに続ける。

「ここの卒業生で、それこそ『ホロスコプスの時計』の謎(なぞ)に取(と)り憑(つ)かれて、ついにはジュネーブに本社を置く老舗(しにせ)時計メーカーに就職までしたくらいだ」

「そうなんですね」

おのれの中の情報を改めたドッティに対し、アメジスト寮の寮長であるカッツがどこか疑わしげに口をはさんだ。

「だけど、あの時計は、結局のところ、ただの置物という説が有力になったはずだ」

「たしかにね」

人さし指をあげて認めたサミュエルが、「ただ」と最新の情報を付加する。

「僕が聞いたところでは、亡くなる少し前、ホスピスにいたクラウザー氏が、見舞いに来てくれたかつての同僚たちに、ある秘密めいた言葉をもらしたそうなんだよ」

「秘密めいた言葉？」

「ああ」

そこでもったいぶるように間を置いたサミュエルが、言う。

「『賢者の石』を探しだす鍵は、止まった時計の中にある――と」

「『賢者の石』を探しだす鍵は、止まった時計の中にある？」

一言一句違わずに繰り返したドッティの横から、エメラルド寮の寮長であるヘルベルトが言った。

「それってつまり、あの『ホロスコプスの時計』の中に『賢者の石』を探す手がかりが隠されているってことか？」

「まあ、そうなんだろうね」

認めたサミュエルが、「あるいは」と言い替える。

「あの時計を動かした者が、賢者の石を手にするとも言えるわけだが――」

その瞬間、サミュエルのモルトブラウンの瞳に暗い炎が燃えあがる。

だが、それはほんの一瞬のことで、すぐさまもとの様子に戻った彼に、疑心暗鬼でいるらしいヘルベルトが「だけど」と言う。

「これまで、大勢の人間が散々挑戦してきたが、あの時計を動かせた人間は一人もいないわけで、やっぱり、それってただの老人の戯言なんじゃゃ……」

「それも一理ある」

同意したサミュエルが、「ただ」と続ける。

「クラウザー氏は、『それは、永遠を生み出す動力だ』とも言っていたらしく、その場にいた人間が若干ざわついたのも事実らしい」

「『永遠を生み出す動力』、か――」

ドッティが感慨深げに言い、「もし」と続ける。

「そんなものがあるなら、あの時計も動くはずだな」

「そうなんだよ」

サミュエルがうなずき、「で」と話を戻した。

「その時にクラウザー氏を見舞った人間の中に、今期の新入生の祖父がいて、その人もまたまここの卒業生だったことから『ホロスコプスの時計』に関する情報が広まったんだと思う」

「なるほど」

話の帰着に納得したドッティの横で、カッツが「でも」と言う。

「今の話が本当なら、えらいことだぞ」

「そうだね」

認めたところで窓のほうに視線をやったサミュエルは、半ば独り言のように「真面目(まじめ)な話」とつぶやいた。

「あのじいさん、長い探求の果てに、いったいなにを見つけたのか――」

3

同じ日の午後。

寮エリアにある食堂の窓際にいたリュシアンは、手にした石を、斜めに差し込む秋の陽光に翳(かざ)した。

すると、黒っぽい石の中を光が通って、全体がほのかに緑がかる。

モルダバイトの原石。

それは言わずと知れた、昨日の宝探しゲームにおける戦利品であったが、こうして見ていても、目を引く要素はまったくなく、ただの黒ずんだガラス質の石である。ただ、研磨することで人を惹(ひ)きつける穏やかで不可思議な色合いを帯び、ものによっては、宝飾品として高い品質を得ることもあった。

それを知っているだけに、リュシアンはこの石に惹かれてならない。

そうして飽きもせずにモルダバイトを眺めているリュシアンに、二人分のお茶を運んできたエメが声をかける。

「殿下(アルテス)」

「なんだい？」

応えるものの、振り返りもしないリュシアンに対し、彼の前にお茶を置く手を止めないまま、エメが訊く。

「昨日からずっと思っていたんですが、そんなガラクタをもらって、いったいどうするおつもりですか？」

「——ガラクタ？」

そこでようやく振り返ったリュシアンが、確認する。

「それって、これのことかい？」

「ええ。それ以外になにがあるっていうんです」

「ま、そうだけど」

認めたあとで、やはり納得がいかなかったようにリュシアンが言い返す。

「——いやいや、これのどこが、ガラクタなんだ？」

「全部」

「全部って……」

「笑っておられますが、ご自身でも言っていたように、王宮の宝物庫にはモルダバイトのネックレスや、探せば他にも宝石加工されたものがいくつかあるはずです」

「たしかに」

「それなのに、あえて、そんな、どういった仕上がりになるかわからないような原石を手に入れる必要が、本当にあったのかと言いたいんですよ」

それくらいなら、たとえわずかな金額でも、プリペイドカードをもらって有効活用したほうがよかったと主張したそうな口ぶりだ。

肩をすくめたリュシアンが、エメが運んできたお茶を飲みながら反論する。

「言っておくけど、宝物庫にあるものは、正確には王国の財産であって、僕個人のものというわけではない」

「知っています」

うなずいたエメが、「でも」と続けた。

「いずれは貴方(あなた)の自由になるものですし、半分くらいは、サフィル＝スローン家のものでしょう。──つまり、貴方のものだ」

「そうだとしても、この石は、今、この瞬間から僕のものだし、僕が死んだら、墓に入れて持っていくつもりだよ。──誰にも、渡さない」

「墓って……」

呆(あき)れた様子のエメが続ける。

「それはまた、なんとも気が早い」

「そんなの、今から老後のシュールな隠居生活を語るような人間に言われたくないよ」

「それはどうも」

皮肉げに受けたエメが、紅茶を一口飲んだあとで「それに」と付け足す。

「そんな必死にならずとも、そんなもん、誰も横取りしたりしませんよ」

「そうかい？」

「ええ」

「だといいけど……」

どこか疑わしげにつぶやいてモルダバイトを眺めるリュシアンは、冗談ではなく、本気で横取りされるのを恐れているようだった。

だが、エメが知る限り、それは、あまりリュシアンらしくない。

彼は、昔から物や人に執着しない人間であった。

おそらく、常にまわりに物や人があふれ、かつ、立場上、どれか一つを不用意に贔屓するわけにはいかなかったことがそんな淡白な性格を作りあげたのだろうが、それらの背景を差っ引いても、リュシアンは生まれながらに執着心が薄い。代わりに探究心はやたらと強くて困るのだが、その彼が、どうしてか、ゲームの賞品に過ぎないモルダバイトに異様なまでの執着心を燃やしている。

そのことが、エメは不思議で仕方なかったし、どこか不安でもある。

なにか、決定的におかしなことが起こる予感。

これまでなかったような大変革が、彼らの上に降りかかるのではないか――。

もっとも、ものの本によれば、人の性格というのは六年周期で変わるらしいから、そうなると、彼らはまさに今現在変革期にあるといえた。

小さく溜息をついたエメが、改めて尋ねる。

「で、本当に、それをどうなさるおつもりです？」

「そうだな……」

考えながら、リュシアンがつぶやく。

「ボトルグリーンのモルダバイトには、純金の台がよく似合う」

「そうですね」

つぶやきを聞きもらさなかったエメが同調したところでリュシアンがなにか思いついたように、「ああ、そうだ」と嬉しそうに顔を輝かせた。

「せっかくだから、腕のいい研磨師に依頼してうまくカットを施した上で、この石をスクールリングに仕立てよう。そうすれば、こうして毎日でも眺めていられる」

「――スクールリング？」

意外そうに、エメは繰り返した。

サン・ピエール学院は、いちおう男子校ということもあり、アクセサリー類の日常使いが全般的に禁止されている。

そんな中、唯一身につけるのを認められているのが、スクールリングなのだ。

そのため、上級生の中には、自分の誕生石をあしらった豪奢なスクールリングをはめている生徒もいる。

ある意味、それで家の格を争っているようなものである。

ただ、それからすると、アルトワ王国の皇太子であるリュシアンが身につけるスクールリングというのは、それ相応のものであって然るべきだ。その筆頭としてあげられるのはダイヤモンドやそのカラーストーン、あるいは、サファイアやルビーなどのコランダムかエメラルドである。

エメは、納得がいかずに訊き返す。

「本当に、そのモルダバイトでスクールリングを作られる気ですか?」

「そうだよ。──名案だろう?」

「そうですか?」

「間違いなく」

嬉々として応じたリュシアンが、具体的に語りだす。

「費用は惜しまない。王室御用達の金細工師に特注して、純金の台座に石をはめ込み、世界に一つしかないスクールリングを作るんだ」

「でも、モルダバイトは、貴方の誕生石でもなんでもないでしょう」

あくまでも否定的なエメが、別の案をあげる。

「そもそも、貴方がスクールリングを作るなら、絶対にサファイアですよ」

「サファイア？」

「ええ」

というのも、サフィル＝スローンの「サフィル」は、フランス語で「サファイア」を意味し、その名前と、彼が遺伝的に得ることとなった青玉色（サファイアブルー）の瞳はまったく無関係というわけではないからだ。

「なるほど、サファイアね」

うなずいたリュシアンが、これまた嬉しそうに認める。

「それはいい考えだ。——エメ。君、たまにはいいことを言うね」

「いつもです」

「知らないけど、今後、もし良質のサファイアが手に入ったら、それも、プラチナ台でスクールリングに仕立てよう」

「……『も』？」

聞きとがめたエメが、プラチナルチルのように涼やかに輝く銀灰色の目を細めて訊き返す。

「『も』ということは、これほど言っても、まだモルダバイトのスクールリングを作る気でいらっしゃる？」

「もちろんだよ」

「だけど、二つも作って、それこそ、どうするつもりです。――まさか、成金マダムの見せびらかしみたく、両手にはめる気ではないでしょうね？」

その悪趣味な姿を想像してめまいがしそうになったエメに対し、リュシアンは面白がる様子で誤魔化した。

「さてね。――ただ、『備えあれば、患えなし』って言うだろう？」

「……はい？」

いったいなんのことであるのか。

首をゆるゆると振ってから真意を質そうとしたエメに、リュシアンが「それはそれとして」と話の向きを変えた。

「デュボワと同室というのは、かなり大変だろうね」

「――なんです。藪から棒に」

「いや。さっきちょっと、あのへんの上級生たちが」

言いながら、わずかに顎をあげたリュシアンが続ける。

「デュボワの部屋替えが賭けの対象になっていると話しているのが聞こえて、実際、それもわからなくないと思ったから」

「へえ」

「君だって、昨日、見ただろう」

「昨日？」

なんのことかと首をかしげるエメに対し、リュシアンが「あんな風に」とどこか憤りを込めて続ける。

「日々、のべつ幕なしに怒りをぶつけられたら、僕のように幼い頃から鍛錬しているわけでもない人間は、ノイローゼになってしまうんじゃないかと心配になる」

「——ああ。もしかして、デサンジュのことを話しておられます？」

「もちろん」

応じたリュシアンが、反応の遅いエメを咎めるように続ける。

「それ以外に、なにがある？」

「そうですね。——まあ、当然、大変でしょう。なにせ、それで二度も部屋替えが行われたわけですし」

「そして、三度目も近そうだ」

少し離れたところを、問題のアルフォンスが歩いていく姿を目で追いながら、リュシアンが「というか」と言う。

「賭けなんかしていないで、とっとと部屋替えをしてやればいいのに」

「かもしれませんが、貴方には関係のないことですよ」

「そうかい？」

「ええ」

当然のごとくうなずくエメをチラッと見やり、リュシアンが「つまり」と言い替えた。

「同級生が困っているのに、見て見ぬふりをしろと？」

「そうですね。当人同士の問題ですし、そういう時のために、『指導上級生』という存在があるんですから」

淡々と答えたエメが、「出典は不明ですけど」と格言をあげた。

「東洋には、今の貴方にピッタリの言葉があって、曰く、『君子は危うきに近寄らず』です。今のうちに忠告しておきますが、デュボワのような厄介な人間とは、極力関わらないほうがいい」

「それはまた、ずいぶんと薄情な忠告のように思うけど、将来、僕が困っている自国民を見放すような君主になってもいいのかい？」

リュシアンとしては会心の一撃のつもりであったが、エメは、なんとも涼しげな表情のまま「それを言うなら」と言い返した。

「むしろ、自国民を守るためにも、君主というのは、常に健全な場所に身を置けということです。——当たり前のことですが、ご自身になにかあったら、守るべきものも守れなくなるわけですから」

正論ではあるが、素直にうなずく気になれなかったリュシアンに対し、エメが、「ところで」と尋ねる。

「話は少し戻りますが、貴方が幼い頃から鍛錬していたというのは初耳ですよ。私の知らないところで、誰かに苛められでもしましたか？」

「――ああ」

どうでもよさそうに受けたリュシアンが、若干意地の悪い口調になって告げた。

「そういうわけではないけど、口うるさい人間がいつもそばにいたという点では、似たような境遇だったと思ってね」

つまり、暗にエメのことをあげつらっている。

「なるほど」

察したエメが、「もし、そうだとしたら」と主張する。

「心配せずとも、デサンジュは、生涯大切にすべき良い友を得たということで、むしろ喜ばしいことこの上ない」

「は」

げっそりと息を吐いたリュシアンが、しみじみ言う。

「君の、その根拠のない自信には、時々感服するよ」

「ありがとうございます」

嫌みをものともせずに応じたエメに、リュシアンが言う。

「その自信を見越して、ちょっと頼みがあるんだけど」

「どうせ、またロクでもないことでしょう」

間髪を容れずに返った批判に、リュシアンが若干気を悪くして言い返す。

「聞かないうちから、ずいぶんとひどくないかい？」

「経験則です」

いけしゃあしゃあと答えたあとで、エメが続ける。

「で、なんです？」

「君が来る前に、僕の後ろの席にいたエメラルド寮の人間が話していたんだけど」

すると、本題に入る前に、エメが感心したように言った。

「貴方の耳は、なかなかの地獄耳ですね。――ていうか、待っている間、そんなにヒマでした？」

「うん。まあまあ、ヒマだった」

応じたリュシアンが、「でね」と話を進める。

「彼らが言うには、この学校のギャラリーに『ホロスコプスの時計』という不可思議な時計があるらしくて」

「『ホロスコプスの時計』？」

「そう。ただ、細かな話は聞こえなかったから、それについて、もう少し詳しい話が知りたいと思って」

「なるほどねえ」

クッキーをつまみながら応じたエメが確認する。

「調べるのはいいですけど、その後、どうするんです？」

「別に。――というか、まだ考えていない」

本当にどうでもよさそうに答えたリュシアンが、「まあ」と続けた。

「ちょっと面白そうだったから、ほんの興味だよ」

「興味ねえ」

リュシアンが興味を持ち始めるときりがないことが多いのだが、基本、調べ物が嫌いではないエメは、ひとまず了承し、二人は飲み終えた茶器を手に席を立った。

4

同じ日の夕刻。

エメラルド寮の自室でタブレットを見ていたアルフォンスのところに、バスルームを共有する隣室の住人、エリク・ビュセルとドナルド・ドッティがやってきた。

エリクのほうは、背が低く、丸顔で茶髪に榛色（はしばみいろ）の瞳をしていて、好青年であるという以外これといって特徴らしい特徴はなかったが、それゆえ親しみやすく、実際に集団におけるムードメーカーとなりやすい。

対するドナルドは、ひょろりとした長身に度の強い眼鏡をした、印象的だが、見た目にあまりぱっとしない青年である。くすんだ金髪はいつももじゃもじゃで、あまり手入れがされることはないようだが、眼鏡の奥で光る薄靄色（ヘイズブルー）の瞳は知的好奇心に満ちていて、明らかに学究肌の人間だと知れる。

実際、彼の興味はもっぱら石にあり、いずれはその道か、その道から派生した化学の研究分野で実績をあげそうであった。そして、名前からもわかる通り、彼は副総長であるサミュエルの片腕として働くセオドア・ドッティの従兄弟（いとこ）である。

これに風雲児であるアルフォンスを加えると、互いにあまりに違いすぎて、ふつうに考えたら友だちになれそうにないのだが、不思議と絶妙なバランスで付き合いが成立し、気づけばこうして暇な時間を一緒に過ごすようになっていた。

他者の機嫌にまったく無頓着なドナルドと、両者の間で適当に調子を合わせられるエリクが、上手にアルフォンスと付き合っているのだろう。

アルフォンスはアルフォンスで、気分にむらはあっても、ひとたび気に入った人間に対してはそれなりに面倒見がよく、なにより、元来人を惹きつける引力のようなものがあって、一部の生徒たちの間では、なかなかの人気者なのだ。

元気に挨拶しながら入ってきたエリクが、部屋の中にアルフォンスの姿しかないことに気づいて、すぐさま「あれ？」と首をかしげた。

「ルネはいないの？」

「――見ての通り」

「そっか」

そこで迷うようにドナルドと顔を見合わせたエリクに、アルフォンスが顔をあげて訊く。

「あいつになにか用か？」

「ルネにというか、君たち二人に用があったんだけど……」

それに対し、肩をすくめたアルフォンスが画面に視線を戻しながら応じる。

「なら、出直せ」

なんとも淡白な回答に対し、ぷうっと頬を膨らませたエリクが勝ち気に言う。

「そんなこと言って、せっかくドニーが面白い話を仕入れてきたから教えてあげようと思ったのに、いいのかな〜？」

「面白い話？」

「うん」

うなずきながら空いている椅子に座ったエリクが、「どうせなら」と続けた。

「ルネもいる時に話したかったけど、まあ、しょうがない。先に教えてあげる」

別にアルフォンスは聞きたいとは言っていなかったが、かといって、腰を据えたエリクとドナルドを止める気もなさそうで、エリクから目配せを受けたドナルドが「実は」と切りだした。

「さっき、従兄弟のテディに会ってしゃべっている時に、『賢者の石』にまつわる面白い話を聞いてさ」

「テディ」というのは、副総長であるサミュエルの御用聞きをしているセオドア・ドッティの愛称で、学年は違っても、従兄弟ならではの親しんだ呼び方なのだろう。

「——『賢者の石』？」

アルフォンスが、光の加減でオレンジにも見える美しい琥珀色の目を細めて続けた。

「もしかして、新たな情報でも出たのか？」

「そうだね」

深々とうなずいたドナルドが、言う。

「テディの話だと、どうやら、この学校の卒業生の一人が――と言っても、もうおじいさんで、しかも、少し前に亡くなったそうだけど、長い探求の果てに『賢者の石』を見つけるための重要な手がかりをつかんでいたらしく、それを、ホスピスに見舞いに来た知人に教えたらしい」

「へえ」

「でもって、それは、ギャラリーにある『ホロスコプスの時計』というものと関わりがあるそうなんだ」

「『ホロスコプスの時計』――？」

繰り返したアルフォンスが、若干拍子抜けしたように応じた。

「それって、例の壊れた時計のことだな」

「そうだけど」

応じたドナルドの横から、エリクが「え？」と意外そうに訊き返す。

「アル、その時計のこと、知っているんだ？」

「ああ」

認めたアルフォンスが、手にしたタブレットをベッドの上に伏せて置きながら答える。

「昨日、宝探しゲームの最中に誰かがその話をし始めて、ついでだからというので、ギャラリーでその時計をちょっと探したんだが、あの場所にはそんな名前の時計はおろか、時計らしい時計は一つもなかった」

「まさか」

「本当だ」

断言したアルフォンスが、肩をすくめて「おそらく」と続ける。

「お前は、年上の従兄弟にからかわれたんだよ」

「え～。そうなのかなあ」

ドナルドが戸惑ったように首を振りつつ、「テディは」と釈明する。

「そういうつまらない嘘はつかないし、あれは、からかうという態度でもなかった気がするけど……」

「なら、自分の目でたしかめてみたらいい」

そこで、その話題には興味を失ったようにふたたびタブレットを取りあげたアルフォンスだったが、ふとなにかが気になったらしく、「それはそれとして、ドニー」と気落ちする友人に話しかける。

「そんなものに興味を持つということは、お前は、『サンク・ディアマン協会』に名を連ねるドッティ家の人間として、伝説の『賢者の石』の探求に本格的に乗りだす気があるということか？」

「さあ、どうだろう」

肩をすくめたドナルドが、「まだ、わからないけど」と断った上で、「でも」と答える。

「せっかくこの学校にいるんだから、多少はなにかしたいよね」

「なるほど」

「だから、やっぱり、『ホロスコプスの時計』について、テディにもう一度詳しい情報を確認してみることにする」

そこで夕食の時間を知らせる鐘が鳴り、彼らはめいめい座っていた場所から立ちあがると、こぞって部屋を出ていった。

第三章　聖なる石の導き

1

数日後。

午後の授業が終わると、校舎からは生徒たちが一斉に飛び出していく。

目指すは、お茶が準備されている寮エリアの食堂である。軽食やケーキ類がふんだんに用意されるとはいえ、やはり数に限りはあり、のんびりしていると人気のある食べ物はなくなってしまうのだ。

この時ばかりは、紳士の卵たちも体裁をかなぐり捨て、我先にと食べ物に群がる。

だが、人混み（ひとご）みが苦手なルネは、その流れには乗らず、一人、校舎の中庭にあるベンチに座って、ここのところずっとやっていたようにターコイズを磨いていた。

図書室などと並んで修道院時代の名残（なごり）をとどめるこの中庭は、小さな噴水を中心に十字路で四つに区切られ、そこに四季折々の花が咲く。

まさに、ちょっとした秘密の花園だ。

授業の合間には、生徒や教師が思い思いに寛ぐ憩いの場となるのだが、この時間はさすがに人影がない。

まさに、花より団子ということだ。

ルネとしても午後のお茶を逃す気はなかったが、ひとしきり落ち着いてからでもお茶は飲める。

ちなみに、人気のあるケーキ類は毒々しいほどデコレーションが施された甘みの強いものであったりするが、ルネは、そういった仰々しいケーキ類より、シンプルなキャロットケーキや甘みの薄いクッキーなどが好物であるため、あとから行っても、食べるものに困ることはなかった。

特に、アルフォンスと鉢合わせをしたくない今は、時間をずらすに限る。

彼との仲は、相変わらず険悪で、正直かなり参っていた。

いつになったら、打ち解けて話せるようになるのだろう。

あるいは、永遠に無理なのか——。

そんなことを思いながらふと見あげた窓の向こうに、リュシアンの姿が見えた。距離があっても、その高雅さが失われることはなく、むしろ輝きは増すほどである。

（まさに、太陽神アポロンだ……）

遠くにある天体を眺めるようにルネがその姿を目で追っていると、当のリュシアンが引かれたようにこちらを見たため、慌てて視線を逸らす。

不躾に見つめてしまっていたことへの恥じらいと、とっさに視線を逸らしてしまったことへの罪悪感――。

そのどちらがより強いのだろうと思いつつ、そっと視線をあげると、当たり前だが、すでにリュシアンの姿はなく、代わりにプラチナルチルのような銀灰色の瞳を持つエメがこちらを見おろしていた。

ドキッとしたルネは、ふたたび視線を逸らして、手元のターコイズに集中する。

キュッキュッキュッと。

最初は、気もそぞろに。

だが、すぐに真剣に磨き始めたルネの頭の中にはターコイズだけが映し出され、他のことはいっさい遠ざかっていく。

それにしても、いったい、この石はどこから来たものなのか。

そして、どこに向かおうとしているのか。

おそらく、もとはとてもきれいな色をしていたのだろう。

陽光を受けて輝くまばゆい空色。

のっぺりしているようで、奥の深い色だ。

その色を思い浮かべながら、ルネはターコイズを磨く。

丁寧に。

心を込めて。

すると、ある瞬間。

ルネは、褪せた色の向こうに、鮮やかな色彩が揺らめくのを見た気がした。

古いものから、新しいものへ。

移り変わる色。

(もしかして、なにかが形を変えようとしている——?)

そう思った時だ。

「デサンジュ」

すぐ近くで名前を呼ばれ、振り返ったところに、リュシアンの優美な姿があった。

「——サフィル＝スローン?」

驚きのうちに呼び返したまま固まったルネの前で、慌てて降りてきたらしいリュシアンがわずかに息を弾ませながら言う。

「よかった、つかまって。——あれから、何度か声をかけようとしたのだけど、そのたびに、君、逃げるようにいなくなってしまうから。でも、ひどいことを言ったのなら謝罪したいし、なにより、なにがそんなにいけなかったのか、理由が知りたくて」

　立て続けに言われるが、びっくりしすぎて黙り込んだままのルネは、ただただリュシアンに丸くした目を向けている。

　いつものように、視線を逸らす余裕すらない。

　それをじっと見つめ返したリュシアンが、すぐに口元に柔らかな笑みを浮かべ「ああ」と安堵(あんど)したように溜息(ためいき)をもらす。

「今は、目を逸らさないでいてくれるんだね」

　とたん、ハッとしたルネが、弁明しようと腰を浮かせる。その手から、さっきまで磨いていたターコイズが転がり落ちた。

　足元までやってきたターコイズを拾いあげたリュシアンが、「これ」と差し出しながら不思議そうに訊(き)いた。

「もしかして、この前のターコイズ?」

「うん」

「磨いているのかい?」

「そう」

「でも、古びたターコイズは、いくら磨いても、もとのようには――」

「ならない」と言いかけたはずのリュシアンが、途中でなにか考え込むように目を細めて続きを言い淀んだ。

その隙に、リュシアンの言いたいことを察したルネが、「わかっている」と認める。

「無駄だとは思っているけど、これは、自分のためでもあるから」

「君のため？」

意外そうに受けたリュシアンが、なにを思ったか、「でも、そういえば」と言いだした。

「出典は忘れたけど、ヴィクトリア朝の英国には、古びてしまったターコイズの輝きを取り戻せる貴婦人がいたという話を目にしたことがあって」

「そうなんだ？」

「うん。それで、大陸の人々も、こぞって彼女のところにターコイズを持っていったという伝説があるくらいだから、もしかしたら、君が磨けば、これも輝きを取り戻すかもしれないね」

「え、まさか？」

そんな都合のいいことは考えていなかったルネが、手の中のターコイズを見おろしていると、「まあ」とリュシアンが結論づける。

「世の中、そんな不思議があってもいいって話だよ」

「なるほど」

認めたルネに、リュシアンが訊く。

「それより、デサンジュ。よければ、少し話さないかい？」

「――うん」

それは、ルネとしても願ったり叶ったりだ。

そこで、二人は、それまでルネが座っていたベンチに並んで座った。

秋の風が中庭を吹き抜け、そんな二人の髪を揺らす。

ややあって、リュシアンが口火を切った。

「さっきも言ったように、まずは、この前のことを謝罪させてほしい。――急に変なことを言ってしまって」

だが、最後まで言わせず、ルネが必死で言い返す。

「違う。サフィル＝スローンが悪いんじゃない。あれは、僕のせいだ。僕が勝手に泣いただけで、サフィル＝スローンは悪くない」

「だけど、それなら、なぜ泣いたりしたんだ。瞳のことを言われるのが、そんなに嫌だった？」

「それも違う。嫌だったわけじゃない」

首を横に振ったルネが、「ただ」と正直に答えた。

「これまで散々、この瞳のことをけなされたり、この目の色が原因で――まあ、他にもあるんだろうけど、苛められたりしたから、ちょっと混乱してしまって」

「その瞳が？」

信じられないというように訊き返したリュシアンだったが、ややあって「ああ、でも、そうか」と感想を翻して確認する。

「君、ここに来るまで、ずっと日本で暮らしていたんだっけ？」

「うん」

「だとしたら、それもわからなくはないか。──あの国では、さすがに、その瞳の色は少々目立つだろうから」

「そうだね」

昨今、髪はさまざまな色に染める若者が増えてきて、日本でも黒髪以外の色に免疫ができつつあるが、目の色はそうそう変えるわけにもいかず、違う色に対する違和感はまだ拭いきれていない。

まして、子どもは、自分と異なるものに対して敏感な上、正直だ。

もちろん、だからといってイジメを許していい理由にはならないが、掘り下げれば、なかなか難しい問題を秘めている。

「彼らが、怯える気持ちもわかるんだ」

「ふうん」

「だから、余計、つらくて」

「……そうか」

同情するように応じたリュシアンが、「それなら」と訊く。

「目が合うと、すぐに逸らしてしまうのも、そのせい？」

「あ、うん。それもあるし……」

そこで言い淀んだルネを覗き込むように見て、リュシアンが「あるし？」と言葉尻をとらえて訊く。

「他にも理由があるってこと？」

「……たぶん」

「たぶん？」

ふたたび言葉尻をとらえて訊き返したリュシアンに、ルネは混乱を隠せずに答える。

「僕にも、そのへんがよくわからないんだ。たしかに、日本人って、人と目を合わせて話すのが苦手で、その影響もある上に、僕の場合は、自分の瞳の色に根強いコンプレックスがあるから、余計逸らしたくなるのは事実だよ。でも、それを超えたところで、僕には決定的に人に嫌われるなにかがあるみたいで――」

話しているうちに、ふいに心の奥底からなにかが込み上げてきて、ルネの瞳からはふたたび涙があふれ出た。一人で必死に抱え込んでいたさまざまなものが、ここに来てついに決壊してしまった感じだ。

ただ、リュシアンのほうは、いつぞやのようにうろたえることはなく、むしろ、どこかこうなることを予想していたかのようにルネの背中を軽くさすりながら「それは」と冷静に問い質した。

「なにか、そう思うようなことがあったってこと？」

「……うん、そう」

あふれる涙を止められず、泣きじゃくりながらルネは言う。

「ひ、瞳のこととか……まったく気にせず……ヒック……ふ、ふつうに親しくなった友だちが、ある日……ヒック……突然、僕のことなんて知らないって……ヒック、と、友だちじゃないって言いだして」

途中途中、横隔膜がひっくり返ったようなしゃくり声が出て、聞き取りにくい話し方になってしまったが、リュシアンは真摯にルネの話に耳を傾けてくれる。

「友だちじゃない、だって？」

「そう。……ヒック……そ、それだけじゃなく……僕と……いるのが……ヒック……つらかったって」

「それは――」

いささか驚いたように応じたリュシアンが、戸惑いを隠せずに訊く。

「そんなひどいことを言われるなんて、君のほうで、なにか心当たりはないのかい？　彼に失礼なことを言ったとか、約束を破ったとか」

「ない……と思う」

大きく頭を振ったルネが、しゃくりあげる声を抑えるように大きく息を何度か吐いてから、「というか」と付け足した。

「必死で……考えたけど、わからないんだ」

「そう」

痛ましそうにうなずいたリュシアンが、「それなら」と問う。

「いっそ、相手に理由を問い質そうとは思わなかったのかい？」

「それは――」

答えかけて言葉に詰まったルネが、洟(はな)をすすりあげてから答える。

「――訊けなかった」

訊けずに、彼は逃げてきたのだ。

話しているうちにどんどん感情に歯止めが利かなくなってきたルネであったが、リュシアンのほうは同調するでもなく淡々と訊き返した。

「でも、なぜ、訊けなかったんだい？」

単純な疑問であったらしく、「僕なら」とリュシアンは続けた。

「そんなことを言われたら、まず理由を知りたくなる」

「僕だって、そうだよ！」

「それなら——」

「でも」

　リュシアンの言葉を遮って、ルネが首を小刻みに振りながら苦しげに言う。

「彼に、僕といるのがつらかったって……言われた瞬間……なんか心臓を……こう刃物のようなもの？……で切り裂かれた……みたいで……、自分の心から……血が流れ出るのがわかったんだ……。それで、ついに登校拒否になって——」

　そこで心臓のあたりをギュッと押さえ、ふたたび大きく息を吐いたルネが、震えながら「戦場でさ」と訴えかける。

「怪我をした兵士は、どんなに強くても……いったんは戦線を離脱するよね」

「うん」

「傷が癒えるまで……休んで……身体を回復させる」

「そうだね」

「あの時の僕は……まさにそれだった。……心の傷は見えないから、人に理解してもらうのは大変なんだけど……、でも……本当に流れ出る血を止めるのに必死で、理由なんて訊く余裕すらなかったんだ。……ただ、痛くて、……心が、すごく痛くて」

　ふたたびぽろぽろと涙を流し始めたルネの肩を、リュシアンが優しく抱き寄せる。

「ああ、うん、そうか。そうなんだね。よくわかったよ。それは、ずいぶんとつらい経験をしたものだね」

「……うん」

「でも、もう大丈夫だから、気を楽にして、少し深呼吸するといい」

すると、慰めの言葉と同時に、触れ合った部分から陽光を浴びているような暖かさが伝わり、ルネの心がしだいに落ち着きを取り戻す。

それは、まさに癒やしだった。

太陽の施す究極の癒やし――。

ややあって、リュシアンが言う。

「なんというか、話を聞く限り、君は、本当によく頑張ったと思うよ」

「……よく頑張った？」

「ああ。それに、撤退したのは大正解だ。君は、正しい選択をした」

「……正しい？」

意外そうな表情になったルネが、とっさにリュシアンの顔を間近に見あげて確認する。

「登校拒否になった僕が、正しかったって？」

「そうだよ」

断言したリュシアンが、「君は」と続ける。

「見事に自分のことを守ったし、そうやって守った結果、こうしてまた新たな道を歩き始めることができたわけだろう？」

「あ、いや、まだ歩き始めているかどうかは……」

ルネが恥じたように応じて、「ただ」と伝える。

「ここには、両親に言われて来ただけだから——」

「それでもさ」

リュシアンが、なんてことないように続けた。

「君は拒否せず、ここに来たわけだろう？」

「……うんまあ」

「それは、無意識に自分を立て直そうとしたからだと思うよ。そうでなければ、『行きたくない』と突っぱねることもできたはずだ」

「そうだけど、でも、やっぱり、ただ逃げてきただけという気もするし」

というより、それ以外のなにものでもない。

だが、そんなルネの言い分に対し、リュシアンが明言する。

「撤退は、必ずしも負けではない。要は、撤退した先でどうするかが問題なわけで、君の言う通り、逃げてきた先がここであるなら、ここでどうするかが、今後の君を決めるのであって、逃げてきたこと自体が、君を決めるわけではない」

「……ここでどうするかが、今後の僕を決める？」

噛みしめるように繰り返したルネが、「だけど」と訊き返す。

「サフィル＝スローンは、今までの話を聞いて、僕のことをすっごく弱い人間だとは思わないわけ？」

「なんで？」

驚いたように応じたリュシアンが、言下に否定した。

「思うわけがない。なにせ、理不尽に傷つけられたというのに、投げやりになるでもなくこうしてこの場にいて、きちんと生活している。それって、すごいことだよ」

「すごい？」

「うん。──僕が君の立場に立たされたら、きっと、一生ベッドから出ないと王宮で駄々をこねているだろう」

「駄々って……」

その言いようがあまりにリュシアンの外見とはかけ離れていて、ルネは涙目のまま思わず吹き出してしまった。

それを見て、リュシアンが安堵したように言う。

「よかった。──少しは元気が出てきたようだね？」

「あ、うん」

両手でこするようにして涙を拭いたルネが、「なんか」と告げた。

「人前で泣いたら、すっきりしたかも」

言ったあとで、すぐに申し訳なさそうな表情になり「あ、でも」と続けた。

「そんなことに付き合わされたほうは、迷惑だよね」

「そうでもないさ」

軽く肩をすくめたリュシアンは、どこか嬉しそうな様子で「むしろ」と答えた。

「不謹慎だとは思うけど、イザベル・アジャーニを生で見ているようでよかった」

「イザベル・アジャーニ？」

「フランスが誇る往年の大女優だけど、知らないかい？」

「……うん。ごめん」

「いや、謝るようなことではないから」

応じたリュシアンが、「それはそれとして」と仕切り直すように言う。

「今の話で、君が人と目を合わせるという行為に対してかなり深刻なトラウマを抱えていることは、よくわかった。――でも、逃げたにしろなんにしろ、せっかくこうして新天地に来たのだから、そのトラウマを少しずつでも解消できたらいいと思わないかい？」

「……それは、まあ」

伏し目がちに応じたルネに、リュシアンが「だったら」と意外なことを切りだした。

「及ばずながら、この僕が手を貸すよ」

「――サフィル＝スローンが？」

「リュシアンでいい。――この際、僕も君を『ルネ』と呼ぶから」

会話の合間にあっさりファーストネームで呼び合うことを宣言したリュシアンが、人さし指を振りながら、「まず」と言う。

「君に約束する。もし、僕が君を嫌いになって友人を止めたくなった場合は」

とたん、ルネがハッと息を止めるのがリュシアンにも伝わったようで、彼は安心させるように「あくまでも、仮定の話でね」と念を押してから言う。

「絶対に、その理由を君に伝える。それなくして、決裂はない。――それは、信じてくれるかい？」

覗き込むようにして確認されるが、まだリュシアンが友人を止めたくなるという前提に対して恐怖を覚えていたルネは、ただうなずくことしかできなかった。

それでも、リュシアンはひとまず話を進める。

「で、これから言うのは、そういう前提に立った上での提案なのだけど、ちなみに、ここは日本ではないから、君の瞳の色をどうこう思う人間はまずいない。――実際、これまでにも、いなかっただろう？」

「うん」

それは、ルネも認めざるを得ない。

さすがにさまざまな人種が集まっているこの学校で、生来的な外見についてとやかく言う人間は一人として存在せず、逆に、そんなことを言おうものなら差別主義者としてみんなから白い目で見られることになるだろう。

その上で出てくる問題点を、リュシアンが一つ明確にする。

「ただ、そうなると、今の君のように知り合いと目が合った時にすぐに逸らすのは、相手との関係を築く上で、正直、あまり推奨できない。君も、たぶん頭ではわかっていると思うけど、声をかけたり挨拶をしようとしたりした時にとっさに目を逸らされると、相手はなにか自分が悪いことでもしたかと思って嫌な気分になるし、そうでなければ、君のほうに疾しいことでもあるんじゃないかと勘繰られてしまう可能性も出てきて、どっちにしろ、君にとってあまりいいこととは思えない」

「そうだね」

「だから、再生のための第一歩として、そこを直してみるというのはどうだろう?」

リュシアンの提案に対し、ルネはいささか消極的に応じる。

「……もちろん、できるなら、そうしたいけど」

「ああ、うん。わかるよ」

ルネの戸惑いを、リュシアンが代弁する。

「君の場合、目を逸らすのはもう癖になっていて、こう言ったところで、すぐに直すのはなかなか難しいと言いたいのだろう？」

「……うん」

「だからこそ」

まるで、それが自分の存在理由だと言わんばかりに、リュシアンが堂々と告げる。

「練習するんだよ」

「練習？」

「そう」

うなずいたリュシアンが、「ひとまず」と言う。

「これからも僕と目が合った時、とっさに逸らしてしまって構わない」

「――え？」

意表を突かれたルネが、リュシアンの顔を見つめる。

「いいの？」

「うん」

矛盾を肯定したあとで、「ただし」とリュシアンは条件をつけた。

「そのあと、君のほうで僕に対して怒ったり気を悪くしたりしているのでなければ、その意思表示として、もう一度目をあげて僕を見てくれないか。……欲を言えば、ついでに微(ほほ)

笑《え》んでくれたら嬉しい」

「――もう一度？」

「そうだよ」

肯定したリュシアンが、「それまで」と口の端をあげて笑いながら続けた。

「僕は、君から視線を逸らさずにいるから」

「え、本気？」

驚いたルネに、リュシアンが「もちろん」と左の親指を胸に当てた。

「アルトワ王国の皇太子たるもの、二言はないよ。――絶対に、ルネが僕を見てくれるまで見ている」

「だけど、それだと……」

「それだと、なに？」

まわりが、すぐに騒ぎだしそうである。

焦ったルネだが、ここで断るのも違う気がして、受け入れざるを得なくなる。

「ううん。なんでもない」

「なら、決まりだね」

「うん」

うなずきつつ、涙の乾き始めた顔をしかめ、これはなんだか大変なことになりそうだと思っていたルネを、リュシアンが誘う。

「さて、共通の目標ができたところで、僕たちの友情成立の記念に一緒に午後のお茶をするというのはどうかな？」

「——え、一緒に？」

さらにびっくりしたルネが、慌てて「でも」と言い返した。

「エメが、どこかでサフィル——」

名字を言いかけた瞬間、リュシアンから咎（とが）めるように見られたため、ルネは慌てて名前に呼び替えて言った。

「リュシアンのことを待っていると思うよ」

「それはないな。彼には、夕食まで別行動をしようと言っておいたから、今頃、どこかで羽を伸ばしているはずだよ」

「そうなんだ？」

「うん」

「でも、いいの？」

噂（うわさ）では、エメはリュシアンの護衛を兼ねていることになっていた。つまり、常にそばにいる必要があるのではないか。

心配するルネに、リュシアンが「大丈夫」と請け合う。

「校内にいる限り、なにがあるというものでもないし、なにより、僕自身、年がら年中そばで小うるさいことを言われたくはない」

「小うるさい？」

それは、なかなか耳新しい情報であったため、ルネが興味を引かれて尋ねる。

「エメって、小うるさいんだ？」

むしろ、寡黙に思えるのだが、人は見かけによらない。

肩をすくめたリュシアンが、「そうだね」と辟易(へきえき)気味に答えた。

「小言に関しては、天才的な才能を発揮するよ」

「そうなんだ？」

相槌(あいづち)を打ちながら小さく笑ったルネを、リュシアンが軽く窘(たしな)める。

「笑い事ではなく」

「ごめん。——でも、なんだかふつうの人っぽく思えたから」

「なにを言っているんだ。僕らは、至ってふつうだよ」

それにはあまり賛同できないが、それでも、当初よりはエメに対しても近しさを感じるようになったルネを、立ちあがったリュシアンが手を差し伸べながら「行こう」とうながした。

その手を取って立ちあがったルネが、リュシアンと肩を並べて歩きだす。それは、かつてないほど、彼にとっては軽やかな第一歩であった。

2

同じ頃。

寮エリアの食堂でお茶をしていたアルフォンスのところに、少し遅れてエリクとドナルドがやってきた。

アルフォンスが一人であるのを見て取ると、少々気まずそうにエリクが言う。

「そうか。やっぱり、ルネはいないんだね？」

「ああ。——見ての通り」

窓のほうを向いたまま答えたアルフォンスに、前の椅子に座り込んだエリクがケーキをほおばりながら「だけどさあ」と問いかける。

「いいの、それで？」

「なにが？」

「だって、彼、一緒にいづらいから、このところ、部屋にもちっとも戻ってこないんだよね？」

とたん、こちらに顔を向け、不服そうに眉をひそめたアルフォンスに対し、エリクが慌てて付け足した。

「いい加減、機嫌直せない？」

「たしかに。──でないと、三度目の部屋替えも近い」

湯気で眼鏡を曇らせながら中立的なドナルドまで同調したため、眉間のしわを深めたアルフォンスが、あからさまに不機嫌な口調になって言い返す。

「それって、俺が悪いのか？」

そこで、チラッとドナルドと顔を見合わせたエリクが、肩をすくめて答えた。

「知らないけど」

事実、エリクとドナルドは、問題の宝探しゲームの日、二人とは別のチームに組分けされたため、その場で起きたことは人伝に聞いただけである。

アルフォンスの美徳の一つとして、たとえ自分が機嫌を損ねようと、そのことで周囲を自分の味方につけたりはしないという点があって、今回も、別行動をしていた彼らにあれこれ吹聴することはなく、結果、二人の耳には噂として届いたのだ。

その情報によると、ゲームの最中にいなくなったルネを捜す羽目になったアルフォンスたちのチームは、目指していた一番乗りを逃した上、宝探しでの貢献度がゼロだったルネが一等賞品を引き当ててしまったため、アルフォンスの機嫌が急降下したということだった。

つまり、どう考えても、たいした話ではない。

いったい、アルフォンスがなにに対してこれほどまで腹を立てているのか、彼らにもわからないのだ。

だが、ここに至ってもアルフォンスに弁明する気はないらしく、「知らないなら」とあっさり切り捨てた。

「黙っとけ」

とたん、ひやりとした二人は、ふたたびこっそり顔を見合わせる。その際、かわした目配せで、これ以上この話題に触れるのはご法度だと判断し、ひとまず話題を変えることにする。

「まあ、それならしょうがない」

エリクの言葉に、ドナルドが乗る。

「そうだね。できれば、ルネも一緒がよかったけど」

「それはそれとして、アル」

「──なんだ?」

「時間があるなら、このあと、ギャラリーに行ってみないか?」

「それは、例の『ホロスコプスの時計』の件で?」

「そう」

「つまり、従兄弟(いとこ)から新しい情報を引きだせたんだな?」

「うん」

認めたドナルドが、「やっぱり」と説明する。

「『ホロスコプスの時計』は存在しているということで、どのあたりにあるか、大まかな場所も教えてくれたから、早速行ってみようかと」

「なるほど」

うなずいたアルフォンスが、紅茶のカップを置きながら「実は、この前」と白状する。

「俺は、時計らしい時計は一つもなかったと言ったが、本当言うと、一つだけ気になったものがあって、もしかしたら、あれがそうなんじゃないかと考えていたんだよ。それを確認するいい機会だ」

「なら、決まりだね」

そこで、彼らは満足するまでケーキやクッキーを食べてしまうと、その足でギャラリーへと向かった。

3

一方。

長年の悩みを吐露したことで少し気が楽になったルネは、一緒にお茶をする前に、ちょっとだけ図書室の本で調べたいことがあるというリュシアンに付き合い、ギャラリーや閲覧室へと続く扉に向かった。

だが、リュシアンが扉を開けてくれたところで、中から勢いよく飛び出してきた人物とぶつかり、大惨事となる。

「うわ！」

「わ！」

ドスン。

バサッ。

バサバサッ。

さまざまな衝撃音が古い外壁に木霊（こだま）する。

相手の男は、おそらく扉を開けようと体重をかけたところで、それが前触れもなく向こう側に引かれたため、その勢いで倒れ込んでしまったのだろう。

そこに、運悪くルネが立っていて、彼に抱きつくように倒れたのだ。

二人の荷物が飛び散り、混在してあたりに散らばった。

大きなリュックにたくさんの荷物を入れていた男はもとより、ルネも、その都度部屋に戻らなくて済むよう、一日に使う教科書類を校章がデザインされた大きめのトートバッグに詰めて持ち歩いていたため、そういう結果となる。

一人、身軽な上、ルネのために扉を開けてやっていたリュシアンだけが、難を逃れる結果となった。

「――ルネ、大丈夫かい⁉」

「うん、大丈夫」

男の身体の下で辛うじて答えたルネに対し、上にいる男が慌てて身を起こしながら謝った。

「申し訳ない。――まさか、急に扉が開くとは思わず」

「いえ、こちらこそ」

「怪我はない？」

「はい」

とっさにルネはうなずくが、それは立ちあがってみるまでわからないはずだ。

そこで、リュシアンが男のほうを睨みながら訊く。

「ルネ。念のため、立ってみて」

言いながら手を差し出そうとしたが、その前に敏捷に立ちあがった男がルネの腕を引っぱって立たせてしまう。

しかも、かいがいしく服の埃をはたいてやったりしている。

「……ありがとうございます」

ルネが礼を言うと、荷物を拾う作業に移りながら男は言った。

「いやいや。ぶつかったのはこっちだから、当然だよ。——それより、君たち、ここの生徒だね？」

「はい」

同じようにしゃがんで荷物をトートバッグに投げ入れながらうなずいたルネに対し、腕を組んで男を見おろしたリュシアンが問いかける。

「——そういう貴方は？」

言いながら油断なく男を観察し、「見たところ」と続けた。

「この学校の関係者ではなさそうですが？」

「そう。——でも、決して怪しい者じゃない」

答えた男が、散らばった荷物の中から入館証を探し出し、リュシアンのほうに向けて差し出した。

「ほら、取材の許可は取ってある」

「なるほど」

チラッと視線をやったリュシアンが「でも」と言い返す。

「生徒に対する取材ではないですよね?」

「手厳しいね」

苦笑した相手が、「だけど」と言う。

「ちょっと話すくらい、いいだろう。——ちなみに、ここには、ジュネーブに本社のある老舗時計メーカーの依頼で『ホロスコプスの時計』を取材しにきたんだ」

「つまり、記者?」

「フリーの、ね」

それから、改めて自己紹介する。

「フランク・エドガーだ」

言ったあとで、相変わらず冷ややかな視線を向けてくるリュシアンをマジマジと眺め、彼は「あれ?」と首をかしげた。

「変だな。君のこと、どこかで見たことがあるぞ」

職業柄、大勢の人間と会っているはずだが、その分、記憶力もいいのだろう。

しばらく考えていたエドガーが、ややあって「あ!」と声をあげた。

「そうか。——テレビだ。君、アルトワ王国の皇太子だろう。数年前、一家でドイツを訪問した際の映像を見た」

とたん、警戒心を露にし、うんともすんとも言わなくなったリュシアンに、エドガーが安心させるように言った。

「ああ、そんな人を射殺すような目をしなくても、いちおうまともな記者なんで、未成年の写真を許可なく撮って、良識のないタブロイド紙なんかに売り込んだりしないよ。たんに、ちょっと歳甲斐もなく、王族と言われる人間を間近に見て興奮しただけだ。——それに、そうそう」

彼は腕利きの記者らしく、この場に漂う気まずい空気をものともせずに勝手にがんがんしゃべりだす。

「君たちもこの学校の生徒なら、それこそ、俺が取材している『ホロスコプスの時計』には興味があるだろう」

「——なぜです？」

訊き返したリュシアンが、付け足した。

「あんなの、ただの壊れた時計ですよ」

「夢がないな」

眉をひそめたエドガーが、「でも、実際」と説明する。

「『ホロスコプスの時計』は、由来からして謎めいているし、ここに来て、中世から探し求められている『賢者の石』に近づく手がかりとなる可能性が出てきたわけで」

「『賢者の石』に近づく手がかり？」

半ば呆れたように繰り返したリュシアンが、黎明の青さを思わせる青玉色の瞳で相手を見すえながら訊き返す。

「つまり、貴方は『賢者の石』の存在を信じている？」

「ああ。――悪いか？」

「別に、貴方がなにを信じようと勝手ですけど、それこそ、いい歳をして本気ですか？」

「本気も本気。――それがどういう形であれ、なにか人智を超えたものが存在しているのは間違いないし、それに近づく手がかりが、あの『ホロスコプスの時計』に隠されているのも、たしかだろう」

断言したエドガーは、どこか得意げに顎をあげ、「そして、この俺は」と言う。

「ついに、長い間、誰にも解くことができなかった『ホロスコプスの時計』の謎を解いたんだよ」

「本当に？」

「――へえ？」

よくわからないまま、なんだかすごそうな話だと思ったルネに続き、リュシアンもこれまでよりは若干興味を示して相槌を打つ。

それぞれの反応を前に肩をすくめたエドガーが、「あとは」と宣言した。

「具体的に足りないものを探しだして、それを手に入れるだけさ」

4

エドガーが立ち去ったあと、リュシアンと二人きりになったところで、ルネが言う。

「……なんか、あの人、だいぶ興奮していた気がする」

「そうだね」

認めつつ扉を開け、今度こそルネを先に通しながら、リュシアンが答えた。

「ただまあ、本当に『ホロスコプスの時計』の謎を解いたのなら、そうなってもおかしくはない」

そこで、意外そうにリュシアンを見あげたルネが訊く。

「リュシアン、その『ホロ……なんとかの時計』のことを、知っているんだ？」

「『ホロスコプス』」

正確な名称を教えたリュシアンが、「いちおう」と答える。

「話だけは」

「そんなにすごいもの？」

「すごいかどうかは、わからない。――でも、謎は謎かな」

懐疑的に受けたリュシアンが、訊き返す。

「そういう君は、『ホロスコプスの時計』について、なにも聞いたことがない？」

「えっと、この前、そんな時計があるということは聞いた。──なんでも、妖精だか女神だかにもらった時計という話だった気がするけど」

「へえ」

それについては知らなかった様子のリュシアンに、「でも」とルネが教える。

「そもそものこととして、ギャラリーに時計なんて置いてなかったよ」

「え、そんなことはないだろう」

反論したリュシアンが、「現に」と応じる。

「ああして取材にまで来ているんだ。これでなかったら、彼はなにをしに来たんだってことになる」

「たしかに」

「もっとも、僕も、話として聞いているだけで実物はまだ見ていないから、絶対にあるとは言いきれない。──なんなら、ちょっと寄っていくかい？」

「うん」

そこで、二人は方向を変え、ギャラリーに足を踏み入れる。

ギャラリーは、別天地のように堆積した時間が静けさを作りだしている場所だった。

しかも、もともと聖域だったところをそのまま使用しているせいか、俗界から切り離されたような静寂がよく似合う。そこへ斜めに差し込む午後の陽光が宙に舞う埃をきらきらと浮き立たせ、古式ゆかしい雰囲気に拍車をかけていた。

彼らが中に入っていった時、ちょうど反対側の扉から出ていく人影があったが、人の気配といえばそれくらいで、図書室や閲覧場所も含め、あたりは閑散としている。

今頃、教師も生徒も、みんな食堂でお茶をしているのだろう。

ルネは、リュシアンと二人、ゆっくり歩みを進めた。それはなんとも贅沢(ぜいたく)な空間で、この時間が永遠に続けばいいのに、と心密(ひそ)かに願う。

そうして、半円形の通路を歩き、五つのアプシスに飾られた美術工芸品をすべて見終わったところで、リュシアンが同じ通路を戻りながら「なるほど」と言う。

「君の言う通り、パッと見に時計らしい時計はないようだね」

「うん」

一緒に歩いていたルネは改めてそう痛感していたのだが、リュシアンのほうは少し違ったようで、ある場所で足を止めると、「ただし」と告げた。

「この一つを除いては」

「え？」

意表を突かれたルネが、慌ててリュシアンの視線を追う。

そこに、幅三十センチくらいで、高さはそれより少し高いくらいの置物があった。

台座に載った地球儀のような丸い形をしたものの中央部分、それこそ地球儀で喩えるなら赤道部分が帯状に仕切られていて、そこにぐるりとローマ数字が描かれている。その数字を、地球儀のようなものの上に立つ優美な女性が、彼女の右手から伸びる長い棒で指し示していて、その棒の先端手前部分が輪になっているのがなんともお洒落だ。

ただ、その輪の中には両端から細い針のようなものが突き出ていて、その用途はよくわからない。

他にも、特徴として、地球儀らしきものの下に黒い犬が寝そべっていて、こちらをじっと見つめていた。

リュシアンが、その置物を指さして言う。

「たぶん、これが『ホロスコプスの時計』だろう」

「そうなんだ？」

驚いたルネが、訊き返す。

「でも、時計にしては、文字盤がないよね？」

「まあ、ないと言えばないし」

いちおう認めたリュシアンが、「でも」と付け足す。

「あると言えばあるよ」

「え、どこに？」

「ほら、ここの、この帯の部分に描かれている数字をよく見ると、ローマ数字の『XII』の次が『I』に戻っているだろう？」

「そうだね」

ルネはうなずくが、これだけでは、時間はわかっても、何分だかわからない。

納得のいかないルネに、リュシアンが説明する。

「前に少し時計全般について調べたことがあるんだけど、初期の機械式時計には秒針どころか分針もなかったらしい」

「へえ」

「それを思えば、これでも十分時計としての用をなす」

「たしかにそうだけど、それで困らなかったのかな？」

「うん。昔の人は、現代人より大らかな時間を過ごしていたから」

認めたリュシアンが、「実際」と教える。

「時計を表す『クロック』という語は、『鐘の音』という言葉が語源で、当初は鐘を鳴らすことで時を知らせるしかなかったんだ。——つまり、文字盤が現れるより前に時を告げる鐘が出てきたわけで、多くの教会に付随する鐘楼に時計の文字盤がないのは、そのためだよ」

「言われてみれば、そうだね」

「もちろん、文字盤の原形は、印や刻みをつけた日時計にあるから、概念自体がまったく存在しなかったわけではないけど、少なくとも、時を計るのに分針や秒針を用いるようになったのは、案外、最近のことなんだ」

「……知らなかった」

「しかも、電子時計が主流になり始めた昨今では、ふたたび時計の概念は変わりつつあるわけだし」

「たしかに」

ルネと同年代の人間はまだそうでもないが、もっと下の世代には、文字盤の時計が読めない子どももいるらしい。

ルネが納得して言う。

「それなら、リュシアンが言う通り、これが『ホロスコプスの時計』で間違いなさそうだね」

「だと思うよ」

応じたリュシアンが、説明する。

「うろ覚えの記憶だけど、以前、ドイツの古い機械式時計を扱った展覧会のカタログを読んだことがあって、それによると、十七世紀半ばくらいまで、時計は時針のみだったそうだから、この時計は、その頃までに作られたものかもしれない。一般によく言われるように機械式時計の誕生を十三世紀とした場合、この時計が作られたのは十三世紀後半から十七世紀の間と考えられ、さらに、この球体部分に機械仕掛けが収められていると思われる形状からして、十六世紀初頭あたりからドイツで盛んに作られるようになった『ニュルンベルクの卵』という、当時は画期的だった懐中時計の影響を受けた可能性も否定できない」

「ふうん」

相槌を打ったルネが、「リュシアンって」と感心する。

「すごく物知りなんだね」

「褒めてくれてありがとう。――でも、本当に、たまたまカタログを読んだことがあっただけだから」

だとしても、それを覚えているのだからすごい。

ルネなら、そんなカタログを読んだことすら忘れていそうだ。

ルネの純粋な褒め言葉に対し、少し照れたように肩をすくめたリュシアンが、「ただ」と不思議そうに言う。

「こうして間近で見るまでわからなかったけど、ここに針みたいななにかが飛び出しているんだね」

「……うん」

ルネが、輪の部分を見つめながらポツリともらす。

「この針と針の間に、かつてはなにかがはまっていたのかもしれない……」

「たしかにね」

認めたリュシアンが、「でもまあ」と言う。

「ひとまず『ホロスコプスの時計』も見られたことだし、当初の予定通り、お茶をしに行かないか。——実は、腹ペコなんだ」

「僕もだよ」

うなずいたルネが、「あ、でも」と訊く。

「図書室になにか用があったんじゃ？」

「あったけど、あとにするよ。——でないと、食堂に辿り着く前に餓死しそうだ」

「それは、大変」

笑ったルネは、リュシアンと並んで歩きだす。

校舎の中を突っ切っていったほうが早いため、彼らはあえて戻る形で中庭のほうに進路を取ったのだったが、途中、運悪くこちらに歩いてくるアルフォンスたちと出くわしてしまう。

「——あ、ルネだ！」

最初に声をあげたエリクが、のんきに手を振りかけたあとで、ルネの隣にリュシアンがいるのに気づき、榛色の目をまん丸くしながら口を滑らせた。

「――て、うっそ。王子が一緒⁉」

「王子」というのは、リュシアンの陰のあだ名で、決して悪口に使われるわけではないにしても、あまり本人の前で言われることはない。――ただ、今のように、驚いた時にうっかり生徒の口を突いて出ることはままあり、リュシアンは慣れっこだ。

エリクが、慌てて言い替える。

「じゃない。ごめん。サフィル＝スローン。君も一緒だったんだ」

そして、その頃には驚きも収まり、エリクの目には好奇の色が浮かんでいた。

その背後では、エリクの背中を注意するように突っついていたドナルドが、目だけで二人に挨拶する。

そんな彼らに対し、ハッとしたまま固まってしまったルネを背後に庇うように、リュシアンがわずかに前に出て柔らかく挨拶した。

「やあ、ビュセル、ドッテイ。――それに、デュボワ」

彼らがいるのは中庭のちょうど真ん中あたりで、十字路の中心に据えられた噴水をはさんですれ違う形となったのだが、一緒に名前をあげられたアルフォンスは、無言のまま琥珀色の瞳でルネをジロッと見おろしたあと、その視線をリュシアンに向け、さらに苛烈な怒りを込めて睨みつけた。

そのまま挨拶を無視して歩きだしたアルフォンスは、すれ違いざまに低い声で告げる。

「なんでもかんでも、欲しがってんじゃねえよ」

聞きとがめたリュシアンが、立ち止まって訊き返す。

「——なにか言ったかい、デュボワ？」

その瞬間、とてつもない緊張感に包まれた空間で、エリクがアルフォンスの袖を引っぱって忠告する。

「……アル。いいから、行こう」

「たしかに。相手が悪い」

ドナルドも加勢するが、もちろん聞く耳を持つ彼ではなく、リュシアンの氷のように冷たい視線を堂々と受けとめて言い返した。

「とぼけんなよ、王子様。しっかり心当たりがあるだろう。——先に言っておくが、二、二度はないからな」

それから、うつむくルネに視線を戻し、わずかに躊躇ったあとで宣言した。

「とはいえ、ルネ。俺は、いつだって部屋替えに応じる用意はあるから、そのつもりでいろ」

ルネがハッとして顔をあげた時には、すでにアルフォンスはこちらに背中を向けて去っていくところで、その表情を見ることはできなかった。

慌ててあとを追うエリクが、気まずい表情ながら、辛うじて手を振ってくれる。

それに対し、機械的に手を振り返したルネは、彼らの姿が見えなくなったのを機に、肩を落として深い溜息をつく。

(まただ……)

ついに、アルフォンスからも最後通牒を突きつけられてしまった。

そのことに傷つき、泣きだしそうになっているルネに、そばに立つリュシアンがそっと話しかける。

「ルネ。——乗りかかった船だし、僕でよければ、もう一度話を聞くよ?」

第四章　動きだす時間

1

ルネとリュシアンがやってきた時、食堂内は、すでに人影もまばらで空(す)いていた。

ひとしきり満腹感を味わった生徒たちは、今度はそれぞれの用事を済ませるために散り散りに去ってしまったからだ。

ついでに、食べ物のほうもまばらにはなっていたが、軽食類や全粒粉のビスケットなどはふんだんに残されていて、それらを適当にお皿に盛った二人は、窓際のテーブルに陣取って話し始める。

秋の遅い午後。

太陽はすでに西に大きく傾き、室内には茫洋(ぼうよう)とした倦怠感(けんたいかん)が漂っている。

「――正直」

飲んでいた紅茶のカップを置いたリュシアンが、同情的に切りだした。

「デュボワと同室というのは、なかなか骨が折れると思うよ」

「どうだろう。そうなのかな……」

ビスケットを食べながら、ルネはボソボソと答えた。

「みんな、よくそんなようなことを口にするけど、僕にはなにが大変なのか、よくわからないんだ」

「わからない？」

「うん」

困ったようにうなずいたルネが、「もっと言ってしまえば」と訴える。

「アルがなにに怒っているのかも、よくわからない。それがわかれば、なんとか手の打ちようもあるんだろうけど、わからなすぎて途方に暮れている……」

「――そうなんだ」

「まあ、人を嫌いになるのに理由なんてないと言われたら、それまでだけど」

ルネがどこか自虐的に言うと、リュシアンが意外そうに訊き返した。

「デュボワが、君に直接そう言ったのかい？」

「ううん」

ルネは首を横に振り、「むしろ」と続けた。

「はっきり言ってくれたら、諦めもつくんだけど、彼はなにも言わない」

「それなら、君は？」

「僕？」

　質問の意味を取り損ねたルネに、「そう」と受けたリュシアンが再度尋ねる。

「君は、彼のどこが駄目？」

「僕は別に——」

　言いながら下を向いたルネに、リュシアンが重ねて訊く。

「デュボワに対して、なにもないのかい？」

「ないよ。——そもそも、嫌っているのは、僕ではなく、アルのほうだから」

「……なるほど」

　そこで、ふたたび紅茶を飲みながら少し考え込んでいたリュシアンが、ややあって意外なことを言いだした。

「だけど、だとしたら、この件については、今の段階で僕にできることはなさそうだな」

「——え？」

　その一言で、突き放されたような気がしたルネが、そっとリュシアンのことを窺い見る。

　だが、リュシアンのほうでは突き放したつもりなどなかったようで、真摯な眼差しをルネに向けたまま「だって、そうだろう」と説明した。

「デュボワというのは、あの通り、あくが強くて、はたから見ていてもかなり厄介な人間だから、そんな彼と同室でいるのはさぞかし大変だろうしストレスもたまるだろうと、勝手ながらひそかに心配していたんだ。――それで、こうして誘えば、さっきみたいに、君の口から彼への不満があふれ出てくると思っていたのだけど、予想に反し、君は文句どころか、彼の付き合いづらい部分すらわからないという」

そこでお手上げというように両手を開いてみせたリュシアンが、「それって」と続けた。

「言い替えると、君は彼のことをなにも見ていないことになるわけで、今度ばかりはちょっとデュボワに同情してしまったよ」

「――同情？」

まさか、そんなことを言われるとは思ってもみなかったルネに、リュシアンが「ねえ、いいかい？」と言う。

「君の事情は聞いたし、周囲の人間を信じられなくなっている気持ちもわかるよ。あれほどの経験をしていれば、誰だって人を信じられなくなるし、怖くもなるだろう。言ったように、僕なら王宮の中で震えているかもしれない。それで、君は、きっと相手の真実の姿を見るのが怖くなり、極力見ないようにしてきたんだろうね。――そうやって、自分の心を守ってきた」

「……うん」

「言ったように、今まではそれで正解だったし、君はなにも悪くない」

「……ありがとう」

「だけどね」

　言いながらルネの手に自分の手をそっと重ね、リュシアンは柔らかな口調で教え諭した。

「デュボワは、君を傷つけた人間とは絶対に違う。たしかに、選り好み（えりごのみ）が激しくておとなげはないけど、少なくとも、理由もなく人を傷つけるような卑劣な人間ではない。彼のことは、君より知っているから、それだけは、僕が保証する。——それなのに、そんな彼のことを恐怖心から見ようともしないというのは、正直、君のほうが、彼のことをはなから拒絶しているのではないかな？」

「拒絶——？」

　その言葉にハッとして困惑気味に瞳（ひとみ）を揺らしたルネに対し、「ああ、もちろん」とリュシアンが付け足す。

「君の場合、無意識なのだろう。——おそらく、周囲との間に壁を作って自分を守っているうちに、自分が作った壁が見えなくなってしまっているだけだと思う」

「……壁」

つぶやきながら、ルネは、ふと曾祖父の家にあった紫水晶のドームを思い出す。

あの中にいる時は、本当に守られているようで心地よく、一人きりの世界に浸ることで精神的安定を保つことができたのだ。それで、学校にいる時も、なにかあれば、そこにいる自分を想像して繋がり、周囲をシャットアウトしていた。

言い替えると、リュシアンの言うところの「拒絶」だ。

そして、リュシアンが指摘したように、そうやってまわりをシャットアウトすることがいつしかルネにとって当たり前になりすぎてしまい、環境が変わった今も、自分は変化できずにあの中に居続けていた可能性に思い至る。

（そうか……）

ルネは、制服のポケットを探り、ターコイズに触りながら思う。

（つまり、僕は、自分で自分の時間を止めてしまっていたのか……）

まわりの時は流れているのに、自分の時は止めたまま、安全地帯から動かずにいた。

だけど、言わずもがなだが、生きている限り、すべては変化し、変わらないものなどなにもないのだ。

変わるべき色。

変わるべき時間。

（動かさなければ、なにも変わらない）

雷にでも打たれたような衝撃を受けて真剣に考え込むルネに、リュシアンが、「もし」と続けた。

「こんなことを言って気を悪くしたら申し訳ないけど、デュボワが君に怒っているとしたら、それは、君が彼を透明人間にしてしまっていることに対して苛立っているだけかもしれないよ」

「透明人間――」

まさに、そうだ。

ルネは、彼を透明人間にしていた。

機嫌が悪そうだからと思ってなんとなくアルフォンスを避け、正面から向き合うことを拒否していたのだ。

それは、なんと失礼な態度であることか。

落ち込むルネを見て、リュシアンが励ますように重ねた手でポンポンと手の甲を叩いた。

そこから伝わる優しさは、たとえこうして短所をあぶりだされていても、決して存在のすべてを否定されているわけではないと感じられて安心できる。

ややあって、リュシアンが言った。

「というわけで、この件で僕が君の相談に乗るのは、君が、デュボワの長所を三つと短所を七つあげられるようになってからにしよう」

「——長所を三つと短所を七つ？」

色々考えていたルネであったが、その助言を聞きとがめ、なぜ、五分五分ではないのかと思って訊き返すと、なんとも上品かつ知的な相貌(そうぼう)のまま、リュシアンが「だって」と答えた。

「デュボワの長所を五つも見つけだすなんて途方もなく困難な目標を立ててしまった暁には、僕は卒業どころか、一生かかっても君の相談には乗れそうにないから」

「……一生って」

冗談なのか、本気なのか。

大いにためになる助言をくれたリュシアンは、最後は美しくも謎(なぞ)めいた澄まし顔でお茶をすすった。

2

リュシアンと別れ、寮の部屋へと戻ってきたルネは、気合を入れ直すために、一度扉の前で大きく息を吐く。

この向こうに、乗り越えなければいけない大きな壁が待っている。

なにせ、先ほど捨て台詞(ぜりふ)を残した時のアルフォンスは、本気だった。本気で、ルネに最後通牒(つうちょう)を突きつけたのだ。

だから、おそらく、もう手遅れなのだろう。

ルネがなにを言ったところで、アルフォンスはルネを見放してしまったはずだ。ある意味、傷を広げにいくだけかもしれない。

(でも——)

ルネは思う。

そうだとしても、ぶつかってみる必要がある。

ルネのなにが悪かったのか。

どうすれば、修復のチャンスが与えられるのか。

アルフォンスが、なにを考え、どんなことに怒っているのか。

ルネは、それを知るべきである。

再び無意識に制服のポケットの中を探り、ターコイズに触れたルネは、それをギュッと掌で握りしめて顔をあげた。

扉を開けて、中に入る。

アルフォンスはすでに戻っていて、いつものようにベッドの上に座り、手慣れた仕草でタブレットをいじっていた。

幸い、よくこの部屋に遊びに来ているエリクとドナルドの姿はなく、彼は一人きりでいる。おそらく、アルフォンスのあまりの不機嫌さに彼らも辟易し、少々距離を取っているのだろう。

その証拠に、ルネが入っていっても、アルフォンスは顔をあげようともしなかった。

いつもなら、そんなアルフォンスを避けるように、ルネは自分のベッドのほうにそそくさと歩いていくのだが、今日は違う。

ルネは、変わるのだ。

どう転んだとしても、時間を動かす。

そこで、ルネは、真っ直ぐアルフォンスの前まで行き、彼を見おろして言った。

「——アル。教えてほしいんだけど」

だが、アルフォンスは顔をあげず、そのまま画面を見続けた。

わかりやすい拒絶。

それで、一瞬、心が萎えそうになるが、ルネは逃げるのが嫌で必死に踏みとどまり、震える声で尋ねた。

「アルは、僕のなにに怒っているの？」

すると、それまで画面をスライドしていたアルフォンスの手が止まり、オレンジがかった琥珀色の瞳がジッと一点を見つめた。そのまましばらく沈黙が続いたため、さすがにもう答えを聞くのは無理かとルネが諦めかけた時である。

スッと視線をあげたアルフォンスが、短く答えた。

「一週間」

「——え？」

いったいなんのことかわからずにルネが眉をひそめると、アルフォンスが手にしたタブレットを脇に置いて足を組み替えながら説明する。

「お前が俺にそれを訊いてくるのに、一週間もかかったんだ。遅すぎるだろう。——お前は、クジラか？」

「……ああ」

どうやら、アルフォンスとルネの間が決定的に険悪になってからの期間を言っていたようである。正確には違うだろうが、そこは突っ込むところではない。

ルネが謝る。

「ごめん」

「それは、なにに対する謝罪だ？」

すぐに突っ込まれ、ルネは考えながら応じる。

「えっと、色々」

「色々って？」

「たとえば、アルのことをきちんと見ようとしなかったことや、他にも、ほら、なんだろう……」

違う理由も見つけようとしたのだが、見つからず、ルネが「あれ？」とつぶやいて首をひねる。

「……ない？」

とたん、鼻で笑ったアルフォンスが「だろう？」と得意げに言い返した。

「つまり、お前が謝罪すべき点は、それ一つに尽きるんだよ」

「――そっか」

納得するルネを、すぐそばにある椅子（いす）に座るように顎（あご）でうながしながら、アルフォンスが「いいか」と説明する。

「お前ときたら、初日の挨拶（あいさつ）の時からさも迷惑そうに目を逸（そ）らすし、その後も声をかけよ

うとするたびに、すぐ下を向いちまう」

「それは——」

説明しようとしたルネを、人さし指をあげて遮り、アルフォンスが「先に」と告げた。

「俺の話を聞け」

「わかった」

うなずいて黙り込んだルネを前に、アルフォンスが続ける。

「たしかに、俺は、すでに二人の同級生ともめていたから、お前は、きっと、こんな俺と同室になってさぞかし迷惑がっているんだろうな……と思っていた。それで、少しは気をつけようとしていたんだが、まさか、ここまで徹底的に透明人間にされるとは思ってもみなかったし、さすがの俺も傷ついたよ。——だから、それならそれで、わざとお前を怒らせてみようとしたけど、いくらやっても、まわりがどんどん引いていくだけで、当のお前には響かない。正直、お手上げだ」

それで、先ほどの台詞に繋がったのだろう。

実際に両手を高くあげてみせたアルフォンスに対し、ルネがおずおずと口を開く。

「……えっと、少し僕も説明していい？」

「ああ。——むしろ、ぜひとも聞かせてくれ」

そこで、ルネは、先ほどリュシアンにしたような話を語って聞かせる。

目を合わせられなかったのは、アルフォンスのことが嫌だったわけではなく、自分のコンプレックスに原因があること。

そんなコンプレックスを抱くような経験を、これまでにしてきたこと。

その間、黙って聞いていたアルフォンスが、ややあって言う。

「事情はわかった」

その言葉で肩の荷がおりたようにホッとするルネに対し、「でも、わからないのは」とアルフォンスが続ける。

「まず、なんで、そんなことを言われて、お前は、そいつらのことを、その問題となっている目で睨み返してやらないんだ？」

「……睨み返す？」

「そうだよ」

自分のことのように憤然と応じたアルフォンスが、断罪する。

「目の色が違うからというだけで人を遠ざけるような奴らは、向こうが悪いわけで、お前はなにひとつ悪くない。――そんな人間には怒りをぶつけて当然だし、俺なら、殺すほど睨みつけてやる。でないと、目に失礼だ」

「……目に失礼？」

そんな風に考えたこともなかったルネが、それこそ目からうろこが落ちたような心境でしみじみ繰り返す。

「なるほど。目にね。そんなの、初めて言われた」

「だけど、事実だろう」

揺るぎなく告げたアルフォンスが、「目だって」と主張する。

「立派にお前の一部なんだから、お前が守ってやらないで、どうするよ。それを、気持ち悪いとか言われたくらいで尻尾(しっぽ)まいて逃げだすなんて、お前のために一所懸命働いてくれている目がかわいそうすぎる」

「……なんか、その考え方って、斬新(ざんしん)」

「バカ」

軽くいなしたアルフォンスが、「それに」と続けた。

「理由も言わずに人を傷つけて去っていくような奴は、そこにどんな理由があろうとやっぱり最低の人間だ。そんなことで、お前が引け目を感じる必要がどこにある？」

「でも――」

「でもくそもなく、そんな奴はとっとと見限って、次に進め。お前には無用な人間でしかない。――だいたい、俺がお前なら、間違いなく、その場で後頭部に靴をぶつけてやっただろう」

「……それは、ちょっとやりすぎかも？」

ルネは冗談と思って言い返したのだが、「そうか？」とまったく納得がいかないように応じたアルフォンスが、「俺からすると」と真面目に主張した。

「それでは、手ぬるいくらいだけどな」

「……そうなんだ」

まあ、靴云々の話はともかく、アルフォンスの言うことはもっともだと、ルネは心底思っていた。きっと、同じ立場に立たされた時、アルフォンスなら、そうする。迷うことなく、相手を糾弾するはずだ。

おのれを傷つけるようなものに対しては果敢に闘いを挑んでいく誇り高い人間、それがアルフォンス・オーギュスト・デュボワだ。

この先、それと同じことがルネにもできるかといえば、それは正直わからないが、アルフォンスの言わんとしていることはすごくよく理解できたし、そんなアルフォンスに憧れの気持ちすら抱いた。

きっと、そうやって自分自身を尊重し大事にしているからこそ、アルフォンスは、多少まわりから難ありと思われる性格をしていても、人を惹きつけるし、いつもきらきらと光り輝いているのだろう。

そうやって考えると、人も石と同じで、丹精込めて磨けば輝きを増す。

当たり前のことである。

「……僕、もっと早くにアルと会いたかったな」

ルネがしみじみ言うと、眉をひそめたアルフォンスが、小さく舌打ちしながら不機嫌そうにそっぽを向き、「なにを今さら」と応じる。

「俺のこと、ずっと見ようともしなかったくせに」

「……だから、ごめんって」

謝りつつ、ルネはふと、日本にいるかつての友人のことを思う。

――正直、一緒にいるのはつらかった。

そう言われてすぐに諦めてしまったことを、今になって後悔する。

たしかに、リュシアンに言ったように、あの時は、精神的に限界が来ていたし、仕方ないと言えば仕方なかったのかもしれない。

時には、撤退も大事である。

それでも、あとちょっとがんばって逃げださずに向かい合っていれば、違う結果になったに違いない。

自分のなにがいけなかったのか。

ルネのどの部分に対し、彼が我慢していたのか。

問い質し、もしそれが、ルネがどうすることもできない部分に対するものであれば、それはそれで、それまでのことだったのだと割り切れたはずだ。

アルフォンスのように、怒ってもよかった。

それでスッキリするなら、そうするべきだ。

少なくとも、誰になにを言われようと、アルフォンスが言うようにルネがルネ自身を愛してあげていたら、そういう勇気も持てただろう。

それを、アルフォンスが教えてくれた。

この調子でいけば、アルフォンスの長所はすぐにたくさん見つかるだろう。

夕食前に、それぞれ宿題を済ませるためにいったんそばを離れながら、ルネは浮き立つ心で考える。

（逆に、長所が七つ、短所が三つでも、今後なにか起きた時、リュシアンは相談に乗ってくれるかな……？）

3

同じ頃。

ルネと別れ、いったん図書室に寄って用事を済ませたあと、さらに図書館に寄ったリュシアンは、数冊の本を抱えてダイヤモンド寮にある自室へと戻ってきた。

部屋に入ると、まず本をテーブルの上に無雑作に置き、コーヒーメーカーに残っていたコーヒーをマグカップに注いで大きなソファーに腰をおろす。ふかふかのクッションに背をあずけ、ちょうどいい位置が決まったところで、本の山から一冊を取りあげ、ぱらぱらとめくり始めた。

「……ターコイズねえ」

そんなことをつぶやくうちにも、彼の指は目次の上を滑り、目的の箇所を見つけだす。

「たしか、なにかで読んだ記憶があったんだけど、なんだったかな」

と、その時。

隣室と繋がっている内扉がノックされ、生返事をしたリュシアンの声に応えてエメが入ってくる。

その内扉は、かつての使用人部屋と繋がっているもので、一般の生徒用に改築された際に鍵（かぎ）をかけられ、基本的には家具などでふさぐようにしてあるのだが、エメは、立場上リュシアンの護衛を兼ねているため、入寮と同時にこの内扉を復活させ、いちいち廊下に出なくても行き来できるようにしてあった。

「殿下（アルテス）」

「んー？」

「ずいぶんと時間がかかったようですが、デサンジュとの用事は済んだんですか？」

「そうだね。――ひとまずは」

顔をあげずに答えたリュシアンに、エメが言う。

「それにしても、相変わらず、もの好きですね。みずから進んで問題の渦中に飛び込もうなんて。――しかも他寮の」

「ありがとう」

「褒めていませんよ」

「なら、黙っていてくれ」

うるさそうに言って文字を追い続けるリュシアンを不思議そうに見て、エメが「それで」と尋ねる。

「今度は、なんですか？」

訊きながら、テーブルの上に並んでいる本を指で押してタイトルを確認する。

「『ヒルデガルトの宝石論』?」

それから、別の一冊を見て眉をひそめた。

「こっちは、プリニウスの『博物誌』じゃないですか」

さすがに原書ではないようだが、だからと言って、読んで楽しいものではない。

こんなものを積み上げて読み漁るとは、いったいなんの気まぐれであるのか。

実は、貴公子然とした外見からは想像ができないくらい、リュシアンにはとんでもなく酔狂な部分があって、時おり、急になにかに没頭し始め、二、三日、その世界から出てこないことがある。

言ったように執着心が薄い分、探究心が旺盛なのだ。

前回は時計だったが、今回は石らしい。

しかも、こうなる前のリュシアンは、エメを置き去りにして、中庭にいたルネのところに飛んでいっていた。

(つまり、これは、デサンジュが発端か?)

とはいえ、これらの本とルネの繋がりは、一見したところ不明である。

(なにがどうなっているんだか……)

溜息をついたエメが、改めて問いかける。

「──で、殿下。本当に、なにを始める気ですか?」

「別に。ちょっと気になることがあったんで、調べているだけだよ」

応じたリュシアンが、「君こそ」と訊き返す。

「『ホロスコプスの時計』について、調べは進んでいるんだろうね？」

「ええ、まあ。ぼちぼちと」

答えた時には、リュシアンはすでに本のほうに夢中になっていたため、エメは小さく肩をすくめると、ひとまず冷めてしまっているコーヒーを淹れ直すために、サイドボードの上にあるコーヒーメーカーを持って部屋を出ていった。

4

その夜。

アルフォンスがバスルームにいる間、翌日の授業で使う荷物を揃(そろ)えていたルネは、いつも持ち歩いている大きめのトートバッグの中に、見覚えのない万年筆があるのに気づいて首をかしげる。

（あれ？）

取り出した万年筆を目の高さに持ち上げ、自分の記憶を辿(たど)る。

（誰のだろう……？）

それは、胴体部分が太く、黒地に金のラインが入ったもので、これと似たような万年筆なら、ルネもよく使っていた。ただ、そっちはこれより細身で、グリップ部分に石がはめ込んであるので、違いは明白だ。

しばらく考えていたルネは、今日の午後、「ホロスコプスの時計」を取材に来ていた記者とぶつかったことを思い出す。

（そうか、あの時——）

荷物が地面に散らばり、急いで拾いあげる中で、万年筆を取り違えたのだろう。よく見れば違うが、あの時は慌てていて間違えたのだ。

だが、だとしたら、大変である。

あの記者については、名前しかわかっていない。

しかも、その名前も――。

ルネは必死で思い出そうとするが、思い出せない。

（えっと、なんだっけ。エンリケじゃないし、エリスでもない。……なんか、有名人の名前と一緒だった気もするんだけど、ああ、思い出せない）

いくら考えても出てこなかったルネは、諦めと同時にふと考える。

（リュシアンは、こんなつまらない相談にも乗ってくれるだろうか……？）

あの場に一緒にいて、しかもどうやら記憶力抜群であるらしい彼なら、記者の名前を覚えている可能性は高かったし、もしかしたら、これを返すための手段も一緒に考えてくれるかもしれない。

迷惑かもしれないが、ダメもとで、明日、見かけたら、相談するだけ相談してみよう。

そう決めて、ルネはベッドに入った。

不思議なことだが、あれほど人間不信に陥っていたのに、リュシアンとだけは、なんとなくするりと打ち解けることができた。むしろ、一緒にいるとホッとしたし、それがとても自然なことのように思えたのだ。

(もしかして……)

ルネは、枕の上で頭を動かしながら、考える。

(たまに耳にする「ソウルメイト」って、こんな感じのことをいうのかな?)

初めて近くで接したのに、初めてという気のしない相手。

まるで、生まれる前から決まっていたかのように、一緒にいて当然と思える相手が、探せば誰にでも一人や二人いるのだろうか?

だが、そんなことを考えた瞬間、ルネはハッと現実を思い出す。

(もしあったとしても、一国の皇太子――やがては国王となる人間と「ソウルメイト」なんて、あり得ない)

いや、仮にあり得たとしても、それはあくまでも「ソウル」上のものだと、ルネは自分自身に言い聞かせる。

(それでも……)

ルネは、ゆっくりと目を閉じながら、生まれて初めて、学校生活というものに心躍るような楽しさを覚えていた。

やがて、眠りについた彼は、数日ぶりにあの夢を見た。

老婆の夢だ。

以前と同じく地下にあるマンホールのような丸い扉の前に立ったルネに、老婆が声をかけてきた。

ただし、その声は、若干若返ったように聞こえる。


——お前の時は、動きだしたようだな。

——はい。

——めでたいことよ。

——ありがとうございます。

——だが、まだ止まったままの時間がある。

——止まったままの時間？


前にもそんなことを話していたが、それは、いったいなんなのか。

ルネが、不思議に思いながら老婆に視線をやると、見つめた先の老婆の顔がほんの少し若返り、心なしか色褪せたマントにも鮮やかさが戻りつつあるように感じた。

（……気のせい？）

考えていると、前回同様、老婆が手にしていたターコイズをポンと投げた。

反射的に拾いあげたルネが老婆に渡し、それを老婆が投げる。

今回も、その繰り返しだ。

老婆が、ターコイズを投げながら言う。

——お前がそうだったように、古い時間は、新しい時間と入れ替える必要がある。

——そうですね。わかります。

今のルネには、実感としてそれがわかった。

老婆が、願う。

——ならば、あと少し、がんばってもらおうか。

——え？

意表を突かれたルネが、繰り返す。

——がんばる？

これ以上、なにをがんばればいいのかわからなかったルネが、投げられたターコイズを拾いながら訊き返す。

——がんばるって、なにを？

だが、顔をあげた先に老婆の姿はなく、ルネはそこで目を覚ました。

第五章　ホロスコプスの時計

1

翌日。

ルネとエリク、アルフォンスとドナルドが、それぞれ横並びで朝食の場に降りていくと、一部の生徒の間で小さなざわめきが起きた。

「……おい、あれって」

「ああ、なんか変だな」

「かつてないくらい和やか？」

「てか。デサンジュ、デュボワと一緒にいるし」

「もしかして、和解したとか？」

そのざわめきは伝播(でんぱ)していき、しだいに室内に広がっていく。

というのも、昨日まで、明らかに険悪だったはずのルネとアルフォンスが、今日はずいぶんと親しげに見えたからだ。

まず、この数日、彼らとは別行動を取っていたルネが、そこにいる。

さらに、そんなルネの背後にぴったりと寄り添うアルフォンスの様子は、まるで、その身の安全を保障する守護神のような佇(たたず)まいであった。昨日までは、ルネの首を狙(ねら)う敵方の大将のごとくぎらぎらしていたことを思えば、とんでもない違いだ。

一夜にして、この変化とは、いったい彼らの間になにが起きたのか。

そのことに、みんな興味津々なのだ。

まして、彼らのことを賭(か)けの対象としている上級生たちにとっては、出会い頭の談笑で済む話ではない。

だから、場所によってはこんな会話も聞こえてくる。

「おいおいおいおい、どうなっているんだよ⁉」

「本当。――あの二人、もって三日じゃなかったのか？」

「うん。昨日までは、そのはずだったけど、どうしたんだろう？」

「やばい。俺、口車に乗せられて、あと三日に結構な額を注ぎこんだんだけど」

「俺も、一週間に、倍額払っちまった」

「そりゃ、早まったね。――あの様子だと、当分、部屋替えはないいな」

「うっわ、勘弁」

「マジで、なにがあったんだ」

「――ていうか、誰か、あいつらを仲違いさせろよ」

そんな無茶も、うっかり口を突いて出る。

すると、同じテーブルに座っていた生徒が、あたりを窺いながら警告する。

「バカ。滅多なことを言うなって」

「そうだよ。デサンジュはデサンジュの親戚なんだから」

「え、そうなんだ?」

「そうだよ。――それくらい、名前からしてわかるだろう」

「あ、たしかに、『デサンジュ』か」

「そうそう。『プティ』の話をする時は、気をつけないと」

「プティ」というのは、フランス語で「小」を意味し、同じ名字の生徒が在籍している時に、両者を区別するために若いほうにつけることが多い。歴史上でも、「小ピット」や「小プリニウス」など「大小」で区別された人物は大勢いる。あえて、フランス語にしているのは、誰かが使い始め、それが引き継がれているからに過ぎなかった。

「だけど、マジで大損だ」

自業自得でしかない会話がかわされる一方、当事者たちにもっとも近い場所にいるエリクも、二人の変化には好奇心を隠せずにいた。

　朝、洗面所ですれ違った時から感じていた違和感について、彼はここにきてこっそり口にする。

「──で、ルネ。いったいなにがあったわけ？」

「なにが？」

「バカ。アルとのことだよ。──急に仲睦まじくなっちゃってさ。昨日までハラハラさせられていた僕たちとしては、当然、聞く権利があると思うんだ」

「……ああ、それね」

　できれば、誤魔化したいルネであったが、エリクの言うことはもっともであるので、可能な限り教えることにした。

「単に、僕が謝っただけだよ」

「謝ったって、なにを？」

「態度……かな？」

　考えながら答えたルネが、「僕」と説明する。

「自分ではあまり気づいていなかったけど、アルに対して失礼な態度を取っていたと思ったから、それを謝って、改めることにしたんだ」

「……ふうん」

どうやら、若干わからなくもなかったらしいエリクが、「まあ、そうだね」と認める。

「今までのルネも、別に僕は嫌いではなかったけど、今朝からの君のほうがより親しみやすいのはたしかかも。――ただ、どう違うのかは、よくわからない」

「そっか」

今の言葉で、自分の態度がアルフォンス以外の人間にも影響を及ぼしていたことを悟ったルネが、「なんかさ」と謝る。

「二人にも気を遣わせたかもしれないね。ホント、ごめん」

「謝らなくていいよ。ハラハラはしてたけど、気は遣ってなかったから」

笑ったエリクが、「だってさ」と続ける。

「アル相手に気を遣っていたら、それこそ疲れちゃうもん」

「――そうなんだ?」

それについてはあまり考えていなかったルネに、エリクが「言っておくけど」と忠告する。

「二人が仲良くなったのはいいことだけど、あまりアルに振り回されないようにしないと駄目だよ。でもって、相手をするのに疲れた時は、いつでもこっちの部屋に逃げてきていいからさ」

すると、二人の会話をさりげなく聞いていたらしいアルフォンスが、「おい、エリク」

と後ろから警告する。

「お前、ルネに余計なことを吹き込むなよ」

「ひゃ、地獄耳！」

「なんだと？」

アルフォンスが蹴とばさんばかりの勢いで言っていると、その横でドナルドがあてこするというでもなく言った。

「そうか。悪魔が地獄耳って、もしかして本当なのかも」

とたん、アルフォンスが横を向いて険呑に訊く。

「どういう意味だ？」

「あ、別に」

両手をあげて応じたドナルドが、淡々と続けた。

「ちょっとそう思ったから言っただけで、深い意味はないよ。――でも、もしかして、なんか気に障った？」

どうやら本当に思いついたことを言っただけらしい天然さに、怒る気も失せた様子のアルフォンスが呆れたように肩をすくめる。

「もういい。勝手に言ってろ」

「そうする」

応じたドナルドが、遠くを見るように眼鏡の奥でちょっと目を細めたあとで、「そういえば」と尋ねた。

「アルは、知っている？」

「なにを？」

「例の宝探しゲームで、サフィル＝スローンが宝箱の中から選んだのはモルダバイトの原石だったって」

「モルダバイト？」

「そう」

うなずいたドナルドの口調に、熱が入る。ふだんは物静かだが、ひとたび石の話を始めると、彼はいつもこんな感じだ。

「モルダバイトは流通量が少なくて、偽物もたくさん出回っているから、素人が手に入れるのは難しいとされているんだけど、今回の宝探しゲームで、彼は、宝箱の中から迷うことなくモルダバイトの原石を選び出し、しかも、賞品の代わりに、その原石を手に入れたそうなんだ。──判定の場にいたテディが、なかなかの目利きだと、彼のことを褒めていた」

「へえ」

それがどうしたと言わんばかりのアルフォンスの前で、ドナルドが心底羨（うらや）ましそうな口調で言う。

「いいよなあ」

「そうか？」

「絶対そうだよ。独特なボトルグリーンの色合いが散見するモルダバイトは、一見パッと しない原石でも不思議と見る人間を惹きつけるものがあるから、それを前にして欲しくな るのもわかるし、それでなくたって、せっかくこの学校にいるんだから、僕も、ゲーム中 に、そういう手に入りにくい原石を手に入れたかった」

ドナルドの言葉を聞きながら、「ボトルグリーンか」とつぶやいたアルフォンスが、「な るほど」と納得してひとりごちる。

「これは気をつけないと、やはり異国の王子は、澄まし顔の裏で、なかなかどうして貪欲 らしい――」

その後、食事を終えた彼らは、それぞれ授業の前に済ませたい用事があったため、バラ バラに食堂を出ていく。

一人残されたルネは、食堂の入り口付近にリュシアンの姿を見出し、ドキリとしつつも 嬉しくなった。それなのに、いざ、彼がこっちを見ているのに気づくと、目配せもなにも せずに慌てて視線を逸らしてしまう。

当然、逸らしながら、自分でも「しまった」と思ったのだが、やはり習慣というのはなかなか変えられないものらしい。

（やっちゃった。……どうしよう）

悩んだものの、ここで変わらなければ自分はこの先も変われないと思い、なんとか恐怖心に打ち勝って視線をあげた。

彼は、もう見ていないかもしれない。

あるいは、呆れて、見放されてしまったかも——。

そんな不安はあったが、リュシアンは約束通り、ずっとこっちを見ていてくれ、ようやく二人の視線が交差する。

ホッとしたルネは、さらにがんばって、軽く微笑んでみる。

それが成功したかどうかはともかく、リュシアンは片手をあげて合図をしてくれた。

たったそれだけのことでも嬉しくなったルネは、幸せな気分でそのまま行き過ぎようとしたが、ふと万年筆のことを思い出し、相談するなら今しかないと考えて、パッとリュシアンのほうを振り返る。

だが、その瞬間、リュシアンのそばにいたエメが、例のプラチナルチルのような輝きを放つ目でこちらを睨んでいるのに気づいたため、大慌てでまた方向転換する。

エメの視線が、ルネのことを歓迎していないのは明らかだ。

そのまま肩を落として諦めかけたルネであったが、そうかといって、次にいつ偶然リュシアンに会えるかわからないし、わざわざダイヤモンド寮の彼の部屋まで押しかけていって訊くのも気が引けたので、やはり、万年筆の持ち主のためにも、この機会を逃してはならないと意を決して振り返る。

そして、エメの視線を避けるように下を向いて一歩を踏みだしたルネは、そこでドンと上級生とぶつかってしまう。

あっと思った時にはよろけてテーブルに腰を打ちつけ、挙げ句に上から怒鳴られる。

「バカ！　ちんたらしてんじゃねえよ」

「ごめんなさい」

驚きとともに謝ったルネに、相手は舌打ちで応えて歩き去った。

概していい人間の多い学校ではあるが、中には彼のように品行の悪い生徒もいて、運悪く、そういう人間にあたってしまったようである。

すっかり萎縮してしまったルネがしょんぼりしていると、すぐ近くで心配そうに彼を呼ぶ声がした。

「――ルネ。大丈夫かい？」

顔をあげると、そこには、思いもかけず、リュシアンの高雅な姿があった。

2

それより少し前。

食堂で朝食を共にしていたリュシアンとエメのところにも、アルフォンスとルネが和解したという噂(うわさ)は届いた。

もっとも、噂を聞くまでもなく、遠目に見る二人の様子は実に仲睦まじい。

そんな彼らのことを目で追っていたリュシアンに、正面に座るエメがパンをちぎりながら言った。

「どうやら、お節介の甲斐(かい)があったようで、よかったじゃないですか」

「そうだね」

肯定しつつ、どこかまずそうにコーヒーをすするリュシアンを見て、エメが楽しそうに突っ込む。

「その割に、ご機嫌斜めですけど」

「そうかい？」

「ええ。そう見えますよ」

「なら、そうなんだろう」

「でも、だとしたら、変ですね。貴方が介入した結果、ああして二人の関係が修復されたわけですから、ご自分の手柄をもっと自慢して然るべきでしょうに、なぜ、そのことを素直に喜べないんです？」

「さあ、なぜだろう」

　実際、リュシアンは、若干後悔していた。

　ルネのためにと思って助言はしたが、その彼にしても、まさか一夜にして、これほどまでに仲良くなってしまうとは思っていなかったからだ。

　これでは、いささか展開が急すぎる。リュシアンのつけ入る隙がなくなりそうな性急さであった。

　リュシアンが続ける。

「……まあ、言ってみれば、不確定性原理のもたらす結果を、身に染みて思い知らされているってところかな」

　おのれの心境をそんな言葉で表現したリュシアンに、エメが「なるほど」と納得し、もう少し具体的に言い替える。

「うっかり一匹の蝶を助けたせいで、地球の反対側で大雨が降って大干魃を救い、その結果、貴方が手にしていないどこかの株価が急上昇したというわけですね。——まあ、どっちにしろ、これで、万事めでたし、めでたし。貴方もお役ご免でしょう。彼らに関わる必要はなくなったわけで、とっとと手を引いてもらいましょうか」

それに対し、食事を終えたトレイを持って立ちあがりながら、眉をひそめたリュシアンが訊く。そんな当たり前の姿も、彼の場合、絵になってしまう。

「なんで、そうなるんだ？」

「当然、前にも言ったように、厄介な人間との関わりは極力避けるべきだからです。デュボワは予測不能で、今後、なにをしでかすかわからない。関わらないに越したことはないわけで、その彼と仲良くなったデサンジュとも、まあ、さすがに話すなとまでは言いませんけど、うまく距離を取るべきでしょう」

「距離をねえ」

しゃべりながら食器を返却口に戻して振り返ったリュシアンは、同じように食事を終え、一人になったルネが歩いてくるのに気づいた。

これは、親しく視線をかわす絶好のチャンスである。

そこで立ち止まって見ていると、ルネが顔をあげてこちらを見て、だがすぐに下を向いてしまう。

（……ああ、やっぱりまだ無理か）

残念に思いつつ、約束通り視線を逸らさずにいると、すぐにルネは顔をあげ、目が合ったところで微笑んでくれた。——おそらく、微笑んだのだろう。かなり引きつってはいたが、あれは間違いなく微笑だと思いながら、リュシアンが片手をあげていると、背後でエメが呆れたように言った。

「なんですか、あの腑抜けた顔は。なんとも中途半端で見ていられない。——笑いたいのか、泣きたいのか、用でも足したいのか、はっきりしてほしいですね」

「うるさいよ、エメ」

立ち去るルネを追いかけるかどうかで悩みながら、リュシアンがエメを見ずに注意していると、その前で、ルネがクルンとこちらを振り返る。

そのまま歩いてきてくれるのかと期待したが、振り返った瞬間、ライオンに遭遇した草食動物のように慌ててまた方向転換してしまったため、リュシアンが前を向いた状態で背後にいるエメに訊く。

「——もしかして、エメ、また彼を睨んだだろう？」

「滅相もない」

「いや。睨んだはずだ」

そうでなければ、あんな風に一度こっちに足を向けかけたルネが、慌てて逃げだすはずがない。

それに対し、エメは悪びれた様子もなく「睨んでいませんって」と再度否定してから続ける。

「ただ、あのまま、ハムスター用の回し車にでも放り込んだら、さぞかし面白いだろうなと思って見ていただけで」

彼らの前でクルクルと方向転換を繰り返したルネを指しての言葉に、リュシアンがついに彼のほうを睨んで「エメ」と名前を呼び、「だから、君は」と警告しかける。

だが、最後まで言う前に、そのエメの口から危険を知らせる声がもれた。

「――危ない」

次の瞬間。

振り返ったリュシアンの前で、体格のいい上級生が、わざとルネにぶつかってよろけさせた上に、罵声(ばせい)を浴びせた。

「バカ！　ちんたらしてんじゃねえよ！」

「なんて奴(やつ)だ！」

すべてを目撃したリュシアンが、急いでルネのほうに走り寄る。

「――ルネ。大丈夫かい？」

声をかけつつ、顔をあげたルネの腕をやんわりとつかむ。

「リュシアン……」

「彼、わざと君にぶつかったんだよ」

「そうなんだ？」

気づかなかったらしいルネが、「でも」と続けた。

「僕も、前を見ていなかったから」

「……そのようだね」

苦笑したリュシアンが、「たぶん、誰かさんのせいだろうけど」と背後のエメにだけ聞こえるように嫌みを言ってから、改めて訊く。

「それで、怪我は？」

「ないよ」

「本当に？」

「うん。——ほら」

言いながら、ルネがあちこち身体を動かしてみせたので、ようやくホッとしたリュシアンは「それなら」と尋ねた。

「まずは、おめでとうと言うべきなんだろうね？」

「え？」

驚いたように顔をあげたルネが、訊き返す。

「なにが？」

「それは、もちろん、デュボワとの和解だよ。なんか、仲睦まじげに見えたから」

「あ、それね。——うん」

リュシアンの言わんとすることに思い至ったらしいルネが、改めて礼を言う。

「リュシアンのおかげで、僕、アルと正面切って話すことができたんだ。それで、誤解もずいぶんと解けて、ひとまず仲直り？　というか、なんだろう。わからないけど、しこりみたいなものは取れたんだ。――だから、本当にありがとう。リュシアンのおかげだよ」

「どういたしまして」

どこか形式的に応じたリュシアンは、とっとと話題を変えるために「それはそれとして」と続けた。

「もしかして、ルネ、僕に用があったのだろう？」

「用？」

一連の流れで忘れかけていたらしいルネが、「ああ、そうそう」と言いながら、慌ててトートバッグの中から一本の万年筆を取り出して見せた。

なにかと思っていると、「これ」とルネが説明する。

「どうやら、昨日の記者が忘れていったみたいなんだけど、リュシアン、あの人の名前とか覚えている？」

「ああ。フランク・エドガーと名乗っていたね」

一瞬の淀みもなく答えたリュシアンは、やはり記憶力がいい。

対照的に、ようやく思い出したらしいルネが言う。

「そうか、エドガーだ！」

続けて、嬉しそうに訳のわからないことを言う。

「エドガー・アラン・ポー」

いったい、なんの暗号であるのか。

首をかしげたリュシアンが、訊く。

「え、今の話に、ポーがどう関係するんだい？」

当然の疑問に対し、ルネが慌てて説明する。

「あ、ごめん。昨日、彼の名前を思い出そうとした時に、誰か有名人の名前と同じだったように思ったんだけど、その有名人の名前がそもそも思い出せなかったから、つい」

「なるほど」

ようやく、リュシアンも納得する。

「それで、ポーか」

その思考の奇々怪々さをリュシアンは存分に楽しんでいたが、はたで聞いているエメは完全に呆れ果てているようだ。

そんな彼らを前にして、ルネが訊く。

「それで、リュシアン。彼と連絡を取るには、どうしたらいいと思う？」

「そうだね」

万年筆を見おろしながら、「たぶん」とリュシアンは助言した。

「それが大事なものなら、こちらがどうこうするまでもなく向こうから事務局に連絡してくると思うけど、でも、いいよ。ひとまず、僕のほうで調べてみる」

「――え？」

驚きに目を見開いたルネが、訊き返した。

「それって、調べられるもの？」

「そうだね。方法はある」

「どうやって？」

「まあ、そこは色々と。――ちなみに、その万年筆を預かってもいいかな？」

手を差し出したリュシアンに、ルネが「ああ、うん」とうなずいて渡す。それから、改めて確認した。

「でも、本当にこんなこと、お願いしてしまってもいいのかな？」

「もちろん。――こっちから言いだしたんだ。任せてくれ」

そこでホッとした様子のルネに、リュシアンが「ということで」と言う。

「ちょうどいい機会だから、アドレスを教えてくれないか。――今、君、授業で使うタブレットを持っているだろう？」

「うん」

「それなら、それで」

学校側から配付されているタブレットには、公的な連絡用として使われているもの以外にも、個人でやり取りできるアドレスが付与されていて、それは、生徒同士、赤外線を使って簡単に交換することができた。

そこで、個人用のアドレスを交換した彼らは、いつでも自由に連絡を取り合える仲になったのだ。

「じゃあ、なにかわかったら連絡する」

「うん。ありがとう」

礼を言って歩きだしたルネを見送るリュシアンの背後で、それまで黙って二人のやり取りを聞いていたエメがコホンと咳払い(せきばら)をした。

「――なんだい、エメ」

「殿下(アルテス)。私の先ほどの忠告を聞いていましたか？」

「忠告？」

「ええ。言うなれば、『君子は危うきに近寄らず』ですよ。彼らには極力関わらないよう申し上げたはずですが」

「ああ。たしかに、そんなようなことを言っていたね」

認めたリュシアンが、エメを振り返って言い返す。

「でも、僕の見解はこうだ」

そこで、一呼吸置き、なんとも皇太子らしくない言葉づかいで言い放つ。

「そんなの『クソ食らえ』」

「ほお」

挑戦的なリュシアンの態度にスッと銀灰色の目を細めたエメが、訊く。

「ま、いいですけど、ちなみに、記者というのは？」

「教えない」

意地悪く返したリュシアンが、「君が」と続ける。

「ルネのことを脅しつけなくなったら、仲間に入れてやるよ」

「結構です」

どちらとも取れる便利な言葉で応じたエメは、すでにわかっている名前から調べてみることにしたようで、外部のネットワークにアクセスできる私用のスマートフォンを取り出して操作し始めた。

そんなエメに対し、「ああ、そうそう」とリュシアンが告げる。

「たぶん、もう始めているだろうけど、『フランク・エドガー』という名前のフリーランスの記者について、なにかわかったことがあったら、今日中に報告してくれ」

言い置いて立ち去りかけた彼の背後で、エメが「おっと(オ～ララ)」と軽めのリズムで警告の声をあげる。

「殿下（アルテス）」

「なんだい？」

足を止めて振り返ったリュシアンに、エメが手にしたスマートフォンを差し出しながらどこか得意げに告げた。

「だ〜から、言わんこっちゃない。――ご覧の通り、早々にとんでもないトラブル発生ですよ」

「とんでもないトラブル発生？」

訝（いぶか）しげに言いながらリュシアンが見おろしたスマートフォンの画面には、なんとも驚いたことに、「フランク・エドガー」という名の男の死亡記事が表示されていた。

3

翌日の昼休み。

ルネは、早々にリュシアンから届いたメールで、彼の寮の部屋へと呼び出された。

（え、リュシアンの部屋……？）

そのことが、意外で、ルネはいささか戸惑う。

フランク・エドガーについてわかったことがあるにしても、メールか、あるいは食堂とか図書館で話すだけでは駄目なのか。

でなければ、この前みたいに、校舎の中庭でもいい。

（本当に、行かなきゃ駄目かな？）

ルネは、悩む。

というのも、リュシアンの部屋は、ルネたちのいるエメラルド寮ではなく、勝手のわからないダイヤモンド寮にある上、さらに特別棟に足を踏み入れる必要があるからだ。

これは、ルネにとって、ちょっとした冒険である。

（アマゾンの奥地に踏み込むほうが、まだ楽かもしれない……）

だが、心配するまでもなく、指定された時間の十分前にダイヤモンド寮に行くと、扉のところにエメのスラリとした姿があり、不案内なルネをリュシアンの部屋まで連れていってくれた。さすが、国に帰れば、各国から賓客を招いてもてなすことのある王族ならではの気のまわり方である。

ただし、賓客でもなんでもないルネに対し、エメは、うんでもすんでもなく、終始一貫して素っ気ない。

仕方なく、ルネは、歩いている間、初めて見るダイヤモンド寮の内部を観察することにした。

外観は違っても、内装はほぼエメラルド寮と一緒だ。

階段塔から延びる廊下には、片開きの扉が並んでいて、その一つ一つが、寮生たちの暮らす部屋になっている。そして、昼休みの時間帯である今は、あちこちから音や声がもれ聞こえ、住人たちの活気が伝わってきた。

（このあたりは、どこも同じだな……）

そのことに若干安堵（あんど）したルネであったが、やはり特別棟は別格だった。

そこは、かつて、良家の子息が従者をともなって入った部屋で、広さはホテルのスイート並みであると聞いている。

とにかく、豪奢（ごうしゃ）で他とは一線を画しているらしい。

そして、噂に違（たが）わず、まずもって、表の入り口とは別に存在する出入り口の雰囲気からして違った。

当然、その向こうに存在する広い部屋を一人で使うにはそれなりの対価が必要で、特別室に入れるのは大富豪の子どもたちだけであるわけだが、驚いたことに、毎年競争率はとても高く、実質、他からの紹介がなければ入るのは不可能だといわれている。

そんな特別棟の出入り口には警備員が立っていて、今回は住人であるエメが一緒だったため、特に訪問の理由などいっさい問われなかったが、学生証だけはしっかりチェックされる。

正直、それだけで気後れし、すでに帰りたくなっていたルネであったが、なんとかおのれを鼓舞してエメのあとをついていく。

現在、ここの特別室を使用しているのは、モナド公国の公子であるグリエルモと、ルネの親戚のサミュエル、それにドナルドの従兄弟（いとこ）であるセオドア・ドッティに中華系財閥の子息ウーファン・リー、最後が今年入寮したリュシアンであった。

そのリュシアンの部屋は二階の東側にあり、最上階となる三階だけがワンフロアを一つの部屋が占めている。現在、そこで寝起きをしているのは、グリエルモで、グリエルモの卒業後は、リュシアンがスライドする形で入居することになっていた。

ちなみに、三階建てである特別棟が他の建物とほとんど高さが変わらないのは、一フロアの天井が圧倒的に高いということに他ならない。

そして、エメと一緒に踏み込んだリュシアンの部屋は、想像以上に豪華絢爛だった。

理論通りの高い天井。

イタリア製のものらしき高級家具類。

大きな窓には、ドレープがたっぷりととられた優美なカーテンがかけられている。

なにより、その広さといったら、ルネとアルフォンスが使っている部屋が何個かすっぽり入りそうである。しかも、そんな豪奢な部屋に対し、リュシアンの姿はなんの遜色もなく、むしろ華を添えるようにその場に溶け込んでいた。

（すごい！）

ポカンとした顔で部屋を見まわしているルネを、ソファーのところからリュシアンが呼ぶ。

「そんなところに突っ立ってないで、こっちに来てくれないか、ルネ」

「――あ、うん」

ルネが素直に歩いていくと、大理石でできたテーブルの上には、銀や磁器のティーセットと一緒に、この場にそぐわない乱雑さで紙類が広げられている。どうやら、リュシアンは先ほどからそれらを読んでいたらしい。

リュシアンが、訊いた。

「君も、なにか飲むだろう？」

「……そうだね」

「紅茶かコーヒー、ジュースもあるけど」

「えっと、紅茶で」

空いている場所に座ったルネは、エメが色合いの美しいマイセンのカップに紅茶を注ぐのを見ながら尋ねる。

「それで、リュシアン。わざわざ部屋なんかに呼び出して、どうしたの？」

言外に、食堂や図書館では話せなかったのかと匂わせたルネを、エメが不満げにチラッと見る。

一方のリュシアンは、苦笑して「それが」と説明してくれた。

「ちょっと微妙な話になりそうで、人目がないほうがいいと思ったんだ」

「微妙な話？」

訊き返したところで、エメが紅茶のカップを差し出したので、ルネは受け取りながら丁寧に礼を言う。

「ありがとう、エメ。いただきます」

とたん、エメが意表を突かれた顔をする。おそらく、この手のことは日常茶飯事で、わざわざリュシアンから礼を言われるようなことはなくなっていたのだろう。

ややあって、ぎこちなく応えた。

「……どういたしまして」

そんな二人を面白そうに眺めていたリュシアンが、すぐに「でね」と話を再開する。

「君を呼んだのは、他でもない、例の『フランク・エドガー』という記者についてなんだけど、単刀直入に言うと、彼は亡くなった」

「──亡くなった？」

驚いたルネが、訊き返す。

「いつ？」

「一昨日の夜。地元警察の発表を信じるなら、強盗に殺されたということらしいよ」

「強盗？」

繰り返したルネが、確認する。

「それってつまり、事故でも病死でもなく、殺人なんだ？」

「そうだね。しかも、家探しでもしたかのように、部屋の中はかなり荒らされていたという情報が入ってきている」

「──お気の毒に」

「本当にね」

沈痛な面持ちでうなずいたリュシアンが、「ただ」と言う。

「この話には続きがあって、事件を知って、不幸にも持ち主を失ってしまったこの万年筆をどうしようかと考えながらいじくりまわしていたら、実は、この万年筆は万年筆ではなく、万年筆を象った外部記憶装置であることが判明したんだ」

「外部記憶装置?」

「いわゆるUSBメモリーだよ」

「え、嘘?」

「本当」

肯定したリュシアンが、取り出した万年筆の柄の部分を分解してみせたので、ルネは目を丸くしながらじっくりと眺める。

「――本当だ」

「うん」

こんなことで嘘はつかないと言いたそうなリュシアンが、それを左右に振りながら、

「そこで、まあ」と続けた。

「死者が出ているし、あまり軽佻なことはしたくないとはいえ、あの記者がこの学校に『ホロスコプスの時計』の取材に来て、長年の謎が解けたと宣言した日に殺されてしまい、さらに、その彼の落とし物がこうして僕たちの手に残されているという、なんとも驚くような偶然から、僕とエメは、ついつい、ある誘惑に勝てなくなってしまって」

「……誘惑?」

「そう」

大真面目にうなずいたリュシアンが、片手をあげて続ける。

「ということで、僕とエメはこれが警察を通じて遺族の手に渡るまでは、なにひとつ公にしないし、ここに書かれている内容によって不当に利益を得ないと互いに宣誓してから、このメモリーに残されているものを覗いてみることにしたんだ」

「もちろん、許可なくだよね？」

「うん。取りようがないからね」

「――それで？」

行為の善悪はともかく、ルネ自身、好奇心を抑えきれずに尋ねると、リュシアンがチラッとエメと視線を合わせてから答えた。

「バッチリだったよ。――これには、『ホロスコプスの時計』とその謎についての調査結果が記されていた」

「へえ」

びっくりしつつ、ルネが訊く。

「つまり、謎が解けたんだ？」

「いや、解けたかどうかまでは……」

結論については曖昧にしたリュシアンが、「実は」とあたりを示しながら教える。

「ここにあるのが全部、中身を紙に出力したものなのだけど、見た通り、結構な量である上、言語がドイツ語とフランス語、ラテン語なども交じっていて、まだすべてに目を通しきれたわけではないんだ」

「ドイツ語とフランス語？」

それでよく読めるなと感心するルネに対し、リュシアンが特に自慢するでもなく答えた。

「ドイツ語で書かれているのはエドガーという例の記者本人の手によるもので、その資料の多くは、どうやら『アルブレヒト・クラウザー』という、少し前に亡くなった人物の調査結果をもとにしたもののようだった」

「アルブレヒト・クラウザー……」

「それでもって、フランス語とラテン語は、この学校の前身である修道院に関する公的資料からの抜粋のようで、中にはイタリア語やロマンス語まで交じっていたよ」

「そうなんだ」

相槌（あいづち）を打ったルネが、「ちなみに」と訊く。

「修道院の創建って、いつくらいだろう？」

「たしか、十一世紀頃だったと記憶している」

「なるほどね」

そんなことすら知らなかったルネには、すべての情報が新鮮で興味深かった。

リュシアンが言う。

「今回、この資料の中にも書かれていたんだけど、この前、『ホロスコプスの時計』について話した時、君、あの時計は妖精（ようせい）だか女神だかにもらったという伝説があるようなことを言っていただろう？」

「あ、うん」

「実を言うと、『ホロスコプスの時計』については、僕のほうでも、少し前からエメに調べさせていたんだけど、たしかに、君が言ったような、なかなか面白い逸話があってね。どう考えても、完全におとぎ話なんだけど、名前の由来でもあるようだから、エメ、彼にも話してやってくれないか？」

水を向けられたエメが、「ご命令とあれば」とうなずいて説明し始める。

「問題の逸話は、十四世紀頃、修道院の聖具室で働いていた『時刻番（ホロスコプス）』――いわゆる時守（タイムキーパー）の話として残っていました」

「時守（タイムキーパー）？」

繰り返したルネが、確認する。

「つまり、『ホロスコプス』って、人の名前とかではなく、時守（タイムキーパー）のことだったんだ？」

「ええ」

「しかも、そんな職業があったってこと？」

「そうだね」と横から口をはさんだリュシアンが、少し説明を加える。

「時計がない時代、厳格な規律に則って暮らしていた修道士たちにとって、時間を管理する時刻番の存在は欠かせなかったんだよ」

「へえ」

「この前も少し話したけど、当時、世の中には正確な時計というものはなく、正直、今もって、機械式時計の始まりがいつであるかはわかっていない。おそらく、いつと確定するのは今後も不可能といっていいのだけど、概ね、現代に生きる僕たちが『時計』として認識している類いのものが出てきたのは、十五世紀といわれている」

「それだって、かなり怪しいですけどね」

　エメに言われ、「たしかに」と認めたリュシアンが「まあ」と続けた。

「とにかく、当時の時計の概念が、今の自分たちの時計の概念とは若干ずれていたと思ってくれたらいい。――ただ、正確な時計がないにしても、彼らはなんとか時を計るための努力はしていて、その役割を担っていたのが教会だった。鐘楼はバシリカ式教会堂の頃から存在していて、祈りを中心とする修道院内の秩序を守るとともに、周辺に住む村人も、その鐘の音で自分たちの生活リズムを作っていたはずなんだ」

　リュシアンの言葉が途切れたところで、ルネが「だけど」と尋ねた。

「そもそも、正確な時計がないのに、彼らはどうやって時を管理できたんだろう？」

リュシアンが片手を翻して「それは」と指で数えながら答える。

「古くは日時計、水時計、ロウソク時計や他にもさまざまな時計があって、十四世紀の終わり頃には、各地に錘（おもり）を使った大がかりな時計塔などが作られ始めることになるわけだけど、少なくとも、今回の主人公である時刻番（ホロスコプス）が管理していたのは、主に夜の長さを計るために用いられた水時計だった」

「水時計……」

そこで、リュシアンから目配せを受けたエメが、続きを引き取って話しだす。

「問題の時刻番（ホロスコプス）がどんな水時計を利用していたのかは、残念ながら、どこにも資料が残っていないのでわかりませんが、とにかく骨の折れる仕事だったようです」

「そうなんだ？」

「そのことは、時刻番（ホロスコプス）の書き残したぼやきを見れば一目瞭然（いちもくりょうぜん）ですが、ある時など、彼は湧水（ゆうすい）の注ぎ口がある水汲（みずく）み場へと出向いた際、散々愚痴をこぼしています。それによると、どうやら、うたた寝をした結果、その朝は鐘撞（かねつ）きを起こしそびれてしまい、修道院内が大混乱に陥ったため、修道院長からこっぴどく叱（しか）られてしまったようなんです」

「かわいそうに」

ルネは同情するが、リュシアンは「まあ」とすげない。

「そこまでは、よくある話だよ。――問題は、ここからで」

「そうですね」

認めたエメが、続ける。

「その後、ことは、ほとんどおとぎ話の世界へと突入します」

4

「おとぎ話？」

意外そうに繰り返したルネに、「ええ」とエメがうなずき、ルネのことを名字で呼びつつ続ける。

「デサンジュが誰かに聞いたという『女神』の登場ですよ」

「へえ」

「というのも、その時刻番(ホロスコプス)は、愚痴のついでに、水汲み場で泉の女神にあることを願ったからなんですが」

「泉の女神――」

ルネがつぶやく。

それは、現代人の彼らからすると、間違いなくおとぎ話の世界であるのだろうが、そこにいないはずの老婆を見たり、その老婆から渡されたと考えられるターコイズを磨いたりしているルネとしては、なかなか複雑な心境であった。

「あれ、だけど」

ふと思ったルネが、訊く。

「そこって、修道院だよね？」

「つまり、キリスト教を信仰しながら、泉の女神に願い事をしたってこと？」

「はい」

「そうですが、なにか問題でも？」

丁寧な言葉ながらどこか高圧的に問われ、「え、だって」と戸惑うルネに、横からリュシアンが補足する。

「おそらく、その時刻番（ホロスコプス）は、修道院内の雑務を専門に担った助修士だったのだろう。それに加え、キリスト教は、その発展の過程で古い信仰とうまく折り合いをつけるために聖地とされていた場所に教会を立てたり、その土地で祀（まつ）られていた神々を聖人に仕立てあげたりしたというのは、よく聞く話だよ。アレクサンドリアのカタリナなんかも、その実在は多くの学者に疑問視されているし、ヨーロッパで盛んになったマリア信仰だって、研究者によっては、そこに古い女神であるイシス信仰を見たり、シテ島のノートルダム大聖堂においては、ケルトの川の女神であったセクアナに対する信仰が陰にあったのではないかとする説もあるくらいだから、きっと話に出てくる泉の女神も、それらを踏襲する形で信仰されていたんだと思う」

「へえ」

「とはいえ、時代的にそろそろ魔女狩りの波が押し寄せてくる頃だから、それも、ギリギリってところだろうけど」

「そっか」

納得したルネは、自分のせいで脱線した話をもとに戻す。

「それで、彼は、なんてお願いしたの？」

それに対し、エメが答える。

「それは、推して知るべし……という感じですが、時刻番（ホロスコプス）ならではの願い事です」

「時刻番（ホロスコプス）ならでは――？」

「つまり、正確な時間を知らせる時計が欲しいと願ったんです」

それを受けて、リュシアンが「しかも」と告げた。

「どうやら、その願いは叶（かな）ったらしい」

「叶った？」

ルネが意外そうに首を動かし、「まさか」と尋ねる。

「あの時計が、そう？」

「だろうね」

だからこその、「ホロスコプスの時計」なのだろう。

「でも、それって、十四世紀の話なんだよね？」

「うん」

「だとしたら、変じゃない？」

「そうだね」

認めたリュシアンが、言う。

「君もわかっている通り、あの手の時計の出現はもう少しあとだ。——つまり、現実的にはあり得ないし、あったとしたら、時計の歴史がかなり書き換わるわけだけど、ただ、この話の中ではあくまでも女神の贈り物であるわけだから、あり得ないものがあってもおかしくはない」

「そうなんだ」

「言っただろう、ことはおとぎ話の世界に突入すると——」

「ああ、そうか」

納得するルネに、ふたたびエメが説明する。

「時計の入手経路こそが、まさにそのおとぎ話であり、この話の醍醐味(だいごみ)です。ということで、先を続けさせてもらうと、その時刻番(ホロスコプス)は、翌日、修道院の前で行き倒れになった老婆を助けます」

「え、老婆——!?」

今度こそ本気で驚いたルネに、二人が意外そうな視線を向ける。

先に、リュシアンが尋ねた。

「ずいぶんと驚いているようだけど、ルネ、老婆がどうかしたのかい？」

「——あ、いや」

慌てて首を振ったルネが、「なんでもない」と答える。

さすがに、昨日今日話すようになったばかりの二人に、ルネが抱える重大な秘密を打ち明けるわけにはいかない。

だが、ここに来て、老婆だ。

当然、なんでもないわけがなく、俄然話に対して前のめりになったルネに対し、エメが訝しげな様子のまま「で」と話を進めた。

「彼の行いに感謝した老婆は、『明日、この修道院の前を黒い犬が通りかかったら、その犬の落とし物の中を探ってみるといい。それで、拾ったものを磨いて水汲み場の泉に投げ入れれば、お前の願いはきっと叶うだろう』と告げたそうです」

「黒い犬……？」

ルネが繰り返し、「そうです」とうなずいたエメが「そうしたら」と続ける。

「翌日、本当に黒い犬が通ったので、彼はその犬の落とし物——まあ、間違いなく糞のことを言っているわけですが——の中を探って、青い石を見つけた」

「——青い石」

ルネが、しみじみとつぶやく。

なにせ、ルネが老婆からもらったターコイズも、青い石といえば青い石だ。

この符合は、なにを意味しているのか。

ルネがもの思わしげに考え込む前で、エメが「それを」と教えた。

「時刻番(ホロスコプス)は、老婆に言われた通り、磨いて水汲み場の泉に投げ入れたんです。すると、その晩、彼の夢に、今度は老婆に似た若い美しい女性が現れ、感謝の言葉とともに、彼の願い通り、正確な時を刻む時計が贈られたそうなんです。しかも、その時に、時計の管理の仕方も伝授され、その時計が時を刻む限り、修道院には繁栄がもたらされるという約束までなされた」

「それは、たしかにおとぎ話っぽい」

ルネは言うが、内心では実に興味深い話だと考えていた。

そこに、見え隠れする真実――。

想像を巡らせるルネに対し、今度はリュシアンが「それで」と告げる。

「エメからこの話を聞いた僕は、他にも、自分で調べたことなどと合わせて一つの仮説を立ててみたんだ」

「仮説？」

「言ってしまえば、おとぎ話の裏にある真実ってことだけど」

「おとぎ話の裏にある真実――」

興味を示すルネに対し、エメは「またか」というような表情でリュシアンを見た。その様子からして、主人のこの手の酔狂には、常々苦言を呈しているのだろう。

だが、リュシアンはエメの視線などものともせずに「まず」と言った。

「話に出てくる青い石は、十中八九、ターコイズではないかと思う」

「え、なんで？」

びっくりしたルネが、訊き返す。

「どうして、ターコイズだと思うの？」

彼自身、さまざまな事情からそうではないかと考えていたが、なぜ、リュシアンまでもがそんな結論に至ったのか。

「それは、他でもない、このおとぎ話の告げていることが、『時の入れ替わり』ではないかと考えたからだよ」

「時の入れ替わり――」

その言葉は、まさに一連の出来事のキーワードとなる一語であり、最後のピースがはまるように、ぴったりとルネの中に納まった。

そんなルネに、リュシアンが「というのも」と詳しい説明をする。

「まず、話に出てくる泉の女神だけど、ヨーロッパの各地で見られるように、このあたりでも、以前は泉の女神としてのエポナ信仰が盛んだったことが、いくつかの資料からわかっているんだ」

「……エポナ？」

聞いたことのなかったルネが首をかしげる横で、エメが「ですが」と指摘する。

「エポナは『馬』と関係のある存在であるのに、これまでの流れの中に、犬や老婆は出てきても、馬なんて一つも出てきていませんよ」

「そうかい？」

青玉色の瞳を涼しげに向けたリュシアンが、「まあ」と自分なりの説明を続ける。

「それはひとまず脇に置いておくとして、エポナ像の多くは、知っての通り、豊穣と大地の豊かな恵みを象徴するものであるわけだけど、その一方で、実は治癒と死を司る女神として、ガリア地方では泉の祠堂に祀られてきたという側面を持っているんだ」

「治癒と死」

「その際、ワタリガラスや犬を供として連れていることが多く、それらは主に冥界や死の象徴であると考えられている」

「犬……」

たしかに、それだと話は繋がり、少しずつだがリュシアンの論点が見えてくる。

ルネが考え込む横で、エメが「でも、それなら」と尋ねた。

「最初におっしゃっていたターコイズとの繋がりは、なんです？」

「老婆だよ」

「老婆？」

「そう。これは、この前、ちょっと思い立って、ターコイズにまつわる言い伝えや伝説を調べてみた時に知ったんだけど」

「……ああ、あの時の」

思い当たる節のあったエメのつぶやきに対し、リュシアンは特にコメントするでもなく続ける。

「北アメリカのネイティブ・アメリカンの間で受け継がれている信仰として、ターコイズには、『トルコ石の乙女』という女神が宿っていて、エポナと同じく豊穣を司るといわれているそうなんだ」

「『トルコ石の乙女』……？」

ネイティブ・アメリカンにまで話が及び、ルネはついていくのに必死であったが、リュシアンはその明晰（めいせき）な頭脳ですいすいと話を進めた。

「で、面白いことに、植物の育成に関わるこの女神は、自身も若返りを繰り返すと考えられていて――」

「若返りを繰り返す？」

ルネが意外そうに口をはさんだため、リュシアンが説明を中断して応じた。

「それほど驚かずとも、西洋にだって、不老不死の考えの中には『再生』という概念があるだろう？」

「ああ、なるほど」

「それと一緒で、『トルコ石の乙女』も若返るわけだけど、その方法がなんとも独特で、ある時、年老いた『トルコ石の乙女』は東に向かって歩き始める。すると、やがてこちらに向かって歩いてくる若き自分自身と出逢い、そこで彼女は生まれ変わり、若い自分を取り戻すんだ。――つまり、わかるだろう？」

「わかるって、なにが？」

ルネが問いかけ、リュシアンが答える。

「この神話の内容を言い替えると、死から生へ、あるいは、古いものから新しいものに時間が入れ替わることを伝えているわけで、そうやって、『トルコ石の乙女』は、永劫の時間を管理するという仕組みなんだ」

「永劫の時間を管理する……か」

感慨深くなぞったルネに対し、リュシアンが「そんな老婆の姿を」と卑近な話題に結びつけて言った。

「死の象徴と考えれば、それは即ち、エポナが随伴する犬と同じ意味を持ち、例の逸話の中に出てくる黒い犬は死、あるいは止まった時を表すとみていい。そして、時の入れ替わりをうながすターコイズ——青い石——を介在することで止まっていた時は動きだし、新しい時間に入れ替わったと考えることができる」

「なるほどねえ」

ルネは感心してうなずくが、ルネより読解力の深そうなエメは、「ですが」と的確な疑問を投げかける。

「その理論でいくと、件のターコイズは、名前にあるようなトルコからの伝来品ではなく新大陸からもたらされたことになりますが、だとしたら、時代が合わない。——言うまでもないことですが、我々西洋人が彼の地を発見したのは十五世紀以降のことです」

「もちろん、それはわかっているけど、エメ、君は一つ肝心なことを忘れている」

「肝心なこと？」

「そう」

悪戯っ子のように微笑んだリュシアンが、人さし指をあげて「話に出てくる青い石は」と説明する。

「人がもたらしたものではない。——それは、言い換えると、僕たちのちっぽけな理屈の枠に当てはめても意味はないってことさ」

「——なるほど」

リュシアンの言わんとしていることを察したらしいエメが、「つまり」と確認する。

「ひとまず、常識をとっぱらって考えろと？」

「その通り」

認めたリュシアンが、「地球は」と言う。

「一つであって、人間が自由に行き来できなかった時代であっても、彼方の世界では違うということだろう。なにせ、大地は繋がっているんだ。——それに、そもそも、僕たちが知らないだけで、かつては、海洋民族のような人々が島から島へと渡り歩き、ワールドワイドにものを交換していたかもしれないわけで、ピラミッドのような建造物がまったく個別に多発的に発生したと考えなければ、実際、僕たちが考えている新大陸の発見なんてものは、歴史上、そんなに意味のあることではないのかもしれない」

「なるほど。——まあ、仮にそうだったとして、だとしたら、先ほどおっしゃっていた循環の中で、新しい時に移行したのはどこなんです？」

「ああ、さすが、エメ。いい質問だ」

人さし指を向けて褒めたリュシアンが、「それについては」と答えた。

「正直、僕にもわからないけど、少なくとも、その結果としての時計の贈与であるのは間違いないわけで、そう考えると、あの時計を動かすのは、物理的な動力などではなく、自然界を動かすのと同じ宇宙の黄金律が働いてのことなのだろう」

「——そんなバカな」

あっさり否定したエメが、「考え方自体は」と続けた。

「たしかに面白いですが、そもそも出発点をおとぎ話の中に据えるから、そんな荒唐無稽な結論に辿り着くのであって、実際は、出所不明の時計に対し、すべての疑問をうやむやにするためにあとから付与された物語に決まっているでしょう。つまり、話に出てくる老婆も犬もターコイズも現実ではないいんですよ。そして、唯一、こうして現実に存在している時計については、当たり前ですが、貴方が先ほど展開したような逸脱した理論は通用しないということです」

「……うん、そうかもしれない」

明言を避けたリュシアンが、チラッとルネを見る。

というのも、この時点でリュシアンは、少なくともエメがあげた三つの要素の中の一つ、ターコイズだけは、今現在、とても身近な場所に出現していることを知っていたからだ。

だが、そのことはあえて口にせず、リュシアンは「そのあたりを含め」と言って話をしめくくる。

「フランク・エドガーが謎を解いたと確信するに至ったなにかを、これらの資料の中に見つけられるといいんだけどな」

「ま、そうですね」

うなずいたエメが、手前の山から資料を取りあげる。

それを見ていたリュシアンが、ふと思い出したように「ああ、そうそう」と付け足した。

「言い忘れるところだったけど、エメ。さっき、君は、エポナといっている割に一連の話の中に肝心の馬が登場しないと不満そうにこぼしていたけど、『馬』という意味を持つ女神エポナが、人々を落馬から守る女神であったように、ターコイズには、人を落馬から守るという若干特殊な力が備わっている」

「ああ、たしかに、そうですね」

その点は認めざるを得なかったエメに向かい、「それを思えば」とリュシアンは告げた。

「実際、どこかのタイミングで、これらの神話の習合がなされたと考えても、さほどおかしくはないだろう。——問題は、それが、いつ、どこでなされたのかってことだけど、今となっては、神のみぞ知る、だろうな」

5

その夜。

エメが就寝の挨拶にやってきた時、リュシアンは、まだフランク・エドガーの残した調査資料を読み漁っていた。

いったんなにかに夢中になると、こうしてどこまでも突きつめようとする。

学者になるには大切なことだが、皇太子としてはどうなのだろうと、常々思っているエメが、少々呆れた口調で声をかけた。

「まだ、やっていたんですか？」

「――うん」

「そろそろお休みにならないと、明日の授業に響きます」

「わかっているよ。――これを読んだら、寝る」

「――これ？」

リュシアンの言う「これ」がわからなかったエメが意地悪く突っ込むと、チラッとこちらを見たリュシアンが、顎であたりを示してつっけんどんに返す。

「このあたり」

つまり、いつ終わるとも知れない闘いである。

だが、うるさく言ったところで聞く耳など持たないとわかっているエメは、無駄な諍いは避け、「とにかく」と話を切り上げる。

「そのフル回転している頭が休まるよう、カモミールティーを淹れておいたので、寝る前に飲んで、なによりとっとと寝てください」

「ああ。だから、わかっているって」

生返事をしたリュシアンが、追い払うように就寝の挨拶をする。

「お休み、エメ」

「お休みなさい」

リュシアンがわかっていないのはわかっていたが、エメはくるりと踵を返し、明日の朝は起こすのが大変だと腹をくくりながら部屋を出ていく。

そうしてふたたび静かになったところで溜息をつき、別の紙を取りあげたリュシアンは、しばらく読んでから「あれ？」とつぶやいて、テーブルの上を見まわした。

そこに書かれていることに関連した別の資料を読んだ覚えがあり、それを見つけだそうとしているのだ。

「どれだっけ？」

素早い仕草で何枚か紙をめくり、別の束をひっくり返してさらに捜す。

やがて、ある資料を手にしたところで、「あった」とつぶやく。

「これだ――」

読み返しながら、腕を伸ばしてラテン語の辞書を取りあげ、単語の意味を確認してから大きくうなずく。

「やっぱりそうか。ターコイズだ。――フランク・エドガーが死ぬ前に見つけようとしていたのは、ここに書いてあるターコイズだったんだろう。修道院繁栄のために、磨かれるべきターコイズ」

嬉しそうに言ったあとで、ふと真顔に戻り、リュシアンは青玉（サファイアブルー）色の目を細めながら「でも、だとしたら」とつぶやいた。

「ルネが、このところターコイズを一所懸命磨いていたことにも、実は、なにか意味があるってことなのか？」

リュシアンは、そこで、クリスタルガラスの小さな飾り皿の上に置いてあるモルダバイトに視線を移し、その原石を加工した際に現れる美しいボトルグリーンと同じ色合いの瞳を持つルネの顔を思い浮かべる。

ルネは、これまでリュシアンのまわりにはいなかったタイプで、危なっかしさと同時にどこか放っておけない愛らしさを持った青年だった。

そのせいかどうか、このところ、リュシアンは、ターコイズのこととルネのことばかり考えていた。

しかも、ターコイズに興味を持ったのは、他ならぬ、出会いの際にルネが拾っていたことが気になったからであり、それを思えば、まるまるルネのことを考えていたと言っても過言ではない。

その彼が、時おり見せる神秘性。

煙るようなボトルグリーンの瞳が見ているものを、リュシアンも一緒に覗き込みたくなる誘惑に駆られるのだ。

（そもそも、あんなに怯えていたのに、なにかを悟った瞬間、デュボワという厄介な人間をあれほどあっさり自分の味方につけてしまった――）

弱いようでいて案外強く、目立たないようでいて、その実、人の目を惹きつけて止まない、なんとも不思議な人間である。

リュシアン自身、もっともっとルネのことを身近に知りたいと切望しているくらいだ。

（ひとまず）

リュシアンは、手にした資料を見おろして思う。

（明日、この資料を見せがてら、なぜ、今、ターコイズなのかを訊いてみるかな）

そこで彼は、ようやくベッドに入る気になり、冷めてしまったカモミールティーを飲み干すと、奥にあるベッドルームへ向かった。

6

同じ頃。

エメラルド寮にある自室のベッドの中でターコイズを眺めながら、ルネは、昼間、リュシアンから聞いたことをじっくり考えていた。

リュシアンの理論の展開の仕方は、実に鮮やかであったといえよう。

しかも、わかりやすかった。

そして、エメは否定していたが、ルネは、リュシアンの出した結論が間違っているとは思えないのだ。

(時の入れ替わり――か)

それは、ルネにとって、間違いなく、最後のパズルのピースである。

おそらく、これでなにかが変わる。

その前兆として、昨日の午後、ターコイズを磨いていた時に、ふとその輝きが変わったように見えたのだ。

すっかり褪せてしまっていたターコイズに、新たな色が宿った。

そして、実際、こうして眺めるターコイズは、以前に比べてずっと青々として見える。

(もしかしたら、この石にもターコイズの乙女が宿っていて、彼女自身が若返りを繰り返しながら永劫の時を紡ぎだしているのかもしれない……)

そう考えるだけで、ワクワクしてきた。

見たことのないターコイズの乙女の姿を想像しながら、ルネは目を瞑り、ゆっくりと夢の世界へおりていく。

そんなルネの脳裏に、眠りに落ちる寸前、リュシアンの言葉が蘇る。

あの時計を動かすのは、物理的な動力などではなく、自然界を動かすのと同じ宇宙の黄金律が働いてのことなのだろう。

(だとしたら、僕は、次になにをすればいい?)

すると、夢の中で、ルネの背後から老婆が答えた。ただし、その声はもはや老婆の声ではなく、若々しい女性の声になっていた。

――準備は整った。あとは時を動かせばいい。

――でも、どうやって?

――異なことを。そなたは、もうその答えを知っておろう。

ルネの疑問に答えた女性の声が、「この」と彼らの前にあるマンホールのような形をした扉を示して続ける。

――扉の向こうには、時の止まった世界がある。

――時の止まった世界？

――そう。女神の動かす時間は、女神自身の刷新が原動力となって循環するものだが、ある事情からこの扉が閉ざされてしまったため、行き来の自由を奪われた女神は人の手を介在しないと自身を刷新することができなくなってしまった。

――それは、なんともお気の毒に……。

ひとまず相槌を打ったルネに、彼女が言う。

――かつては、彼らの言葉を知る者たちが、その役割を担っておったが、時とともに忘れさられ、女神を助けてくれる者はいなくなってしまった。

――大変じゃないですか。

――その通り。そこで、彼らは一計を案じ、彼らの時を動かす女神の一部をそなたらの世界へと送り込み、あちらとこちらの時間を連動させることにした。

――連動？

――そう。こちらの時間が動いている限り、彼らの時間も動き続ける。

――もしかして、それがあの時計なんですか？

――そういうことだ。そして、そなたがそれと知らずにせっせと磨いていたものこそ、永劫の時を支配する女神の一部だったってわけだ。

――女神の一部。

そこで、慌ててターコイズを返そうと振り返ったルネは、そこに老婆ではなく、うら若く美しい乙女が立っているのを目にした。まとっているマントも、なんとも色鮮やかで美しいものになっている。

（……うわ。きれい）

驚きながらもターコイズを差し出すと、いつも老婆がやっていたように、彼女もそのターコイズを受け取ってから、すぐに放り投げる。

そこで、いつものようにルネはそれを拾おうとしたが、それは足元に転がらず、ルネと彼女の間で宙に浮き、そのままクルクルとまわり始めた。

それを見つめるルネの前で、うら若き乙女が言う。

――ほら、この通り、準備は整った。あとは、止まっている時を動かすのみ。「再生」の名を持つイシモリの末裔よ。行ってやるべきことをなせ。

そこで、目が覚めたルネは、夜明け前の暗い時間にそっと寮の部屋を抜け出すと、輝くような青さを帯びたターコイズを握りしめて「ホロスコプスの時計」が置いてあるギャラリーへと走っていった。

やるべきことは、ただ一つ。

刷新されたこのターコイズを、女神の右手から伸びる棒の先、あの輪の中にはめ込んでやればいいだけである。

それで、すべてが終わる。

朝まだきの冷たい大気が、そんなルネの身体を包み込んでいた。

7

その日の午前中。

最初に異変に気づいたのは、ギャラリーの掃除をしている清掃員だった。

勤続年数の長い彼は、週に一度の割合で行うここの掃除が大好きで、美術工芸品の埃(ほこり)を丁寧に取りながら一つ一つ眺めるのを楽しみにしていた。

そんな彼も、長い年月の間に「ホロスコプスの時計」についてなにがしかの知識を得ていて、これが動かない時計であることを知っていた。

時の止まった時計――。

だが、今朝は、どうも様子が違う。

どこか生き生きした印象がある。

ただ、最初のうちは、なにが違うのかわからなかった。

いったいなにが、変なのか。

考えながらよくよく見ているうちに、彼は、球体の上に立つ女神の右手から伸びる棒の先に、先週まではなかったはずの美しいターコイズが輝いているのに気づく。

「あれまあ」

ターコイズがそこにあることもそうだが、清掃員がなにより驚いたのは、そのターコイズが輪の中でくるくるとまわっていて、さらに、それを動力源にしているのかどうか、女神の右手から伸びる棒がこれまでとは違って振り子のように左右に揺れ、その揺れにうながされるように球体の真ん中にまかれた帯状のものまで動いて、最終的に棒の先端が指し示す位置がゆっくりと変わっていくことだった。

まさに、時を示すかのように――。

「え、まさか」

目を丸くした清掃員が、驚きの声をあげる。

「『ホロスコプスの時計』が、動きだした⁉」

そのニュースはまたたく間に広がり、授業を受けていたサミュエルの耳にも届いた。

授業が終わるまで急く気持ちを抑えていた彼は、昼を告げる鐘の音とともに早速ギャラリーへと向かう。そこには、一足早く授業を終えたらしいセオドア・ドッティの姿があり、他にもアメジスト寮の寮長であるカッツの姿やエメラルド寮の筆頭代表や寮長のヘルベルトもがん首を揃えていた。

おそらく、夕食の頃までには、全校生徒の耳に入り話題沸騰となるだろう。

こちらに気づいたドッティが目で挨拶を寄越したので、サミュエルは彼のそばに寄っていって尋ねた。

「テディ。――本当に、動いたのか？」

「ええ。見ての通りです。僕も驚いていますよ」

そこで、サミュエルが問題の時計を見れば、たしかに、それは一目ではわからないほどゆっくりではあったが、間違いなく動いていた。

「――信じられない」

「本当ですよ」

「いったい、なにが起きたんだ？」

「さっぱりわかりません」

そこで、しばらく「ホロスコプスの時計」を観察していたサミュエルが、言う。

「あの輪の中にあるターコイズ、あんなもの、今まではなかったはずだな？」

「――え？」

そこで、時計に目をやったドッティが、「ああ」とうなずいて認める。

「驚きのあまり見過ごしていましたが、言われてみれば、そうかもしれません」

「つまり、もしかして、あれこそが『永遠を生み出す動力』ってことなのか？」

宝探しゲームの行われた翌日に、生徒自治会執行部の執務室で話したことを持ち出したサミュエルに対し、ドッティが「だとしたら」と答える。

「『賢者の石』を探しだす鍵（かぎ）は、止まった時計の中にあるのではなく、まさに、止まった時計そのものだったということになるわけですね」

「ああ。――となると、性急にあのターコイズを調べる必要がありそうだが、それ以上に問題は」

サミュエルが言いかけるのを引き取る形で、ドッティがその意を汲んで言う。

「誰が、あれを動かしたかですよね。――その人物は、少なくとも、あのターコイズが動力源になることを知っていたわけで、そのあたりの秘密もつかんでいる可能性がある」

「その通り」

認めたサミュエルが、「そういえば」と思い出したことを確認する。

「数日前に、『ホロスコプスの時計』について、どこかの記者が取材に来ていたな？」

「はい」

「そいつが来てすぐにこんな風に動きだしたことを思うと、その男がまったく無関係とは思えないし、この際、その記者についても、少し調べてみる必要がありそうだ」

考え込むサミュエルの横で、ドッティが「それと」と告げる。

「例のクラウザー氏から情報を得た可能性のある新入生についても、きちんと調べる必要があるでしょう」

「たしかに」

認めたサミュエルが、モルトブラウンの目を細めて続けた。

「今まで誰が挑戦しても動くことのなかったあの時計が、ここに来て動きだしたということは、やはり新入生の中の誰かが、この偉業を成し遂げた可能性は否定できないわけだからな」

「おっしゃる通り」

認めたドッティが、「そいつが」と言う。

「自慢話が好きであってくれたら、捜しだすのは簡単なんですけど」

「そうだな。──だが、知り得た秘密を独り占めしたいような人間なら、まずもって話すことはない。つまり、捜すのに苦労するってことだ」

「ええ」

「とにかく、ここに来ての急展開だな。おかげで、色々と対策を練る必要が出てきたよ」

「そうですね」

「君も、うかうかするなよ」

「もちろん」

従順な御用聞きから好敵手（ライバル）の顔に変わったドッティが応え、それを見ながら踵を返したサミュエルは、「本当に」と歩きながらつぶやく。

「二年後の卒業を前にして、俄然面白いことになってきた──」

8

大きな窓の前に置かれた執務机に向かって書類に目を通していた男が、机の上で鳴りだしたスマートフォンを手に取って電話に出た。

「――もしもし？」

尋ねながらも書類の文字を目で追っていた男が、ややあって眉をひそめ、顔をあげて言い返す。

「なんだと？」

それから、真剣な面持ちになって電話の相手と向き合う。

「それは、本当か？」

半信半疑で言ったあと、慎重に言葉を言い替えて確認する。

「本当に、『ホロスコプスの時計』が動きだしたのか？」

電話の相手が認めたらしく、男は混乱を隠せずに言う。

「だが、クラウザーの持っていた資料にも肝心なことは書かれていなかったし、色々と嗅ぎまわっていたあの記者の荷物にも、長年の謎を解き明かすだけの確たる情報は存在していなかった。――それなのに、ここに来て、急に誰かがあの時計を動かしたというのか？」

　質問形式ではあったが、相手の返事を待つことなく、男は畳みかける。

「いったい誰が――？」

　それに対し、相手からは芳しい答えが返らなかったのだろう。

　男の声に苛立ちがにじむ。

「だが、実際、誰かがやらなければ、動くわけがないのであって、その誰かを早急に調べるのがお前の役目のはずだ。言っておくが、うかうかしていられないぞ。なにせ、そいつは、長年の謎を解いたことによって、誰よりも『賢者の石』の近くに立ったと考えていいわけだからな」

　すると、ふたたび電話の相手が弱気なことでも口にしたのか、男は感情を爆発させてドンと執務机を叩きながら答えた。

「そんなことは、わかっている！」

　それから、さらに執務机をドンドンと叩きながら男は告げた。

「とにかく、調べるんだ。そのために、高い学費を払ってまで、お前をその学校に入れてやったんだ！　少しは貢献しろ!!」

　言い切った男が、「それくらい、なんだ」と相手の反論を許さない口調で応じた。

「とにかく、どんな手を使ってもいいから、そいつから情報を引きだせ。――ああ、どんな手を使ってもいい！」

そこで腹立たしそうに電話を切った男は、スマートフォンを執務机の上に無雑作に投げ出すと、革張りの椅子に深くもたれて考え込む。

「……信じられん。あの『ホロスコプスの時計』が動いただと？」

そんな彼の背後には、大きな窓を通して、石造りの瀟洒な街並みと、それを囲むように広がるスイスの峻険な山並みが見えていた。

終章

同じ頃、別の選択授業を受けていたエメが、ギャラリーにいたリュシアンを捜し当てて声をかけた。

「殿下(アルテス)」

振り返ったリュシアンが、エメの表情を見て言う。

「ああ、その様子だと、君も聞いたんだな？」

「はい。『ホロスコプスの時計』が動いたそうで――」

そこで、リュシアンが軽く顎(あご)を動かして言う。

「ほら、あの通り」

そこで、遠目に「ホロスコプスの時計」を見ながら、エメが訊(き)く。

「驚きですね。――いったい、一晩のうちになにがあったんでしょう？」

「さあねえ」

肩をすくめたリュシアンは、時計の中心で左右に揺れ動いているターコイズを見ながら主張する。

「でも、ご覧よ。やっぱり、関係しているのはターコイズだった」

「――そのようですね」

どこか不満げに、エメは認めた。

彼らから少し離れたところでは、先ほどからずっと、同じように集まってなにやら真剣に話し込んでいるサミュエルやセオドア・ドッティの姿がある。しかも、かなり色めき立っている様子が伝わり、エメは銀灰色の瞳（ひとみ）を蔑（さげす）むように光らせる。

そんなエメに視線を移したリュシアンが、「とりあえず」と告げて優雅に踵（きびす）を返す。

「この件について、もう少し詳しい情報が知りたいから、夜までになんでもいいから集めておいてくれ」

「わかりました（ダコール）」

フランス語で答えたエメが、離れていくリュシアンの背に向かって訊く。

「それで、殿下（アルテス）。貴方（あなた）はどこに行こうとしているんです？」

「ちょっと別の方面から情報を取ってみるよ」

「別の方面？」

「ああ」

「それなら、昼食は？」

「別々で」

そう告げたリュシアンは、その足で、校舎の中庭へと向かう。

というのも、先ほど、廊下の先を歩くルネの姿を見かけ、彼が、他の生徒のように慌てて食堂には向かわず、中庭に出ていくのを確認していたからだ。

そのまま中庭を抜けていってしまった可能性も否定はできないが、リュシアンは、人混みの苦手そうなルネが、ベンチの一つに座ってしばらく時間を潰しているような気がしてならなかった。

案の定、十字路の真ん中にある小さな噴水の前で、ルネはベンチに座っていた。

ただ、このところ磨いていたターコイズは持っておらず、ひたすらぼんやりとあたりの景色を眺めている。

（……暇そうだな）

とっさに思うが、決して退屈している様子はなく、暇な時間を思う存分楽しんでいるように見えた。

「ルネ」

声をかけると、びっくりしたようにこっちを見たルネが、すぐに呼び返してくれる。

「――リュシアン？」

その際、いつものように視線を逸らすことはなく、むしろ、恥ずかしそうにはにかむ表情をしたのが、なんともいい感じだ。

少なくとも、数日前に比べたら格段の進歩である。

リュシアンが言う。

「やあ。君の姿が見えたから、追いかけてきてしまった。——なんて、もしかして、邪魔かな?」

「まさか」

言いながら、ルネが自然な様子でベンチの端に寄ったので、リュシアンは空いたスペースに腰かける。

少し肌寒くなり始めた空気の中に、バラの香りが漂っていた。

ややあって、リュシアンが尋ねる。

「そういえば、聞いたかい?」

「なにを?」

「『ホロスコプスの時計』が動きだしたそうだよ」

「そうなんだ」

驚くでもなく応じたルネが、「それは」と続ける。

「よかったね」

だが、いったい、誰にとって「よかった」のか。

不思議に思いながら、リュシアンが言う。

「それはそれとして、僕のほうで調べたことを報告させてもらうと、やっぱりターコイズだったよ」

「――え、なにが？」

混乱したように訊き返したルネに、リュシアンは制服のポケットからスマートフォンを取り出しながら教える。

「昨日話した、例の伝説に出てくる『青い石』のことだよ。――あれは、やっぱりターコイズで合っていたんだ」

話しながらスマートフォンを操作し、数ある写真の中から一枚を選び出してルネに見せる。

「ほら、これは、例のフランク・エドガーが残した資料の中にあったものだけど、ここに書いてある」

だが、拡大されたところに書かれた文字はラテン語であったため、今のルネの実力ではお手上げのようである。

困った様子で見あげてきたので、リュシアンはすぐさま説明する。

「かつてこの地に建っていた修道院の財産目録だよ」

「財産目録？」

「十六世紀に書かれたものだけど、その中に、こんなものがある」

そこで、さらに画面を拡大したリュシアンが、それを見せながらラテン語を訳した。

「この『収蔵物No.36』だけど、そこに『女神と黒犬と回転式文字盤のある置き時計』とあって、その横の素材について書かれた部分に『トルコ石(トゥルコイス)』と明記されていた」

「――へえ」

スマートフォンからルネに視線を移したリュシアンが力説する。

「これは、間違いなく、『ホロスコプスの時計』を記録したもので、これのおかげで、以前は時計のどこかにターコイズが使われていたということが判明したんだ」

「そっか」

「それだというのに、そのことを君に報告する前に、なぜかあの時計が夜のうちに動きだしてしまって、しかも、その一部分には、なんと、それまでにはなかったターコイズがはまっていたのだから、僕が驚くのも無理はないだろう?」

「……そうだね」

あまり不思議そうでもなく噴水から流れ出る水を見ながら相槌(あいづち)を打ったルネに対し、

「ああ、そうそう」とリュシアンが付け足した。

「ちなみに、この財産目録の欄外には、走り書きのような文字で一言、クエスチョンマーク付きでこんな注釈がされている。――曰(いわ)く、『一年に一度、女神のターコイズを磨くべし？』だそうだ。――僕には、それがとても面白く思えてね」

ルネのほうを見ながら曰くありげに告げたリュシアンだったが、ルネは黙したままなにも応えず、ただ噴水をじっと眺めている。

二人の間に長い沈黙が落ち、しばらくしてリュシアンが訊いた。

「それはそれとして、君、このところずっと磨いていたターコイズを、今日に限って磨いていないようだけど、あれは、まだ持っているのかい？」

それに対し、ゆっくりとボトルグリーンの瞳をリュシアンに向けたルネが、ややあってその視線を落とし、小さな声で答えた。

「……持っていない」

それから、ふたたび噴水のほうを向いて続ける。

「あれは、本来、あるべき場所に戻したんだ」

「戻した？」

「そう。戻した」

短く答え、それ以上説明しようとしないルネを見て、今度はリュシアンもそれ以上追及しようとはせず、一緒に噴水のほうを眺める。

どうやら、ルネがトラウマを抱える発端となったものは、なにも瞳の色だけというわけではなさそうである。

（とはいえ、今は――）

昼時ののどかな庭園風景。

それは、言葉など必要ないくらい美しい空間であり、リュシアンは、この際、さまざまな疑問はさておくとして、ひとまずルネの横で過ごす至福の時を堪能することにした。

そのことを知らしめるために、一言告げる。

「――なんか、晴れやかで気持ちのいい日だね」

すると、それまで少々ぎこちなかったルネが、ホッとしたように応じた。

「うん、本当に」

そんな二人の前では、アルプスの湧水を湛える噴水が、午後の陽を反射して七色に輝く虹を作りだしていた。

あとがき

こんにちは。あるいは、このシリーズから読み始めてくださったという方は、初めまして、篠原美季です。

新シリーズとなる「サン・ピエールの宝石迷宮」をサマミヤアカザ先生の華麗なるイラストとともにお届けしましたが、いかがでしたでしょう。ご覧の通り、本当に美しいイラストばかりで、今後、どんな世界観でこのシリーズを支えていってくださるか、すごく楽しみです♪

そんなシリーズの内容ですが、久々に学校が舞台となっていて、しかも、私の大好きなパワーストーン、つまるところ「宝石」がテーマとなっています。な〜んて、タイトルに「宝石迷宮」とあるのだから、当然ですけど（笑）。

宝石って、きれいですよね。見ているだけで、ワクワクします。そのワクワク感、キラキラ感を、この先、うまく出していけたらいいと思っています。

そのため、舞台もスイスのお金持ち学校にして、さらに、本物の王子様が主人公の相棒となっていきます。ということで、大胆にもヨーロッパに小国を創ってしまったし、ゆくゆくは国宝となるような宝石を登場させることも可能なので、楽しみだ〜〜。

参考図書についてですが、おそらく宝石に関しては、今後いくらでもご紹介できる機会があると思うので、今回は、以下の三冊を挙げ、御礼の代わりとさせていただきます。

・『時計の社会史』角山榮著　吉川弘文館
・『時間の歴史　近代の時間秩序の誕生』ゲルハルト・ドールン・ファン・ロッスム著　藤田幸一郎・篠原敏昭・岩波敦子訳　大月書店
・『時計の歴史　いま何時（科学入門名著全集）』ミハイル・イリン著　玉城肇訳　国土社

最後になりましたが、改めてイラストを引き受けてくださったサマミヤアカザ先生、並びにこの本を手に取ってくださった皆様、今後十年以上の長いお付き合いになることを切に願いつつ、ここに多大なる感謝を捧げます。

では、次回作でお目にかかれることを祈って――。

和菓子の「水無月（みなづき）」が食べたくなる季節に

篠原美季　拝

『サン・ピエールの宝石迷宮』、いかがでしたか？
篠原美季(しのはらみき)先生、イラストのサマミヤアカザ先生への、みなさまのお便りをお待ちしております。

篠原美季先生のファンレターのあて先
〒112-8001　東京都文京区音羽2－12－21　講談社　文芸第三出版部「篠原美季先生」係
サマミヤアカザ先生のファンレターのあて先
〒112-8001　東京都文京区音羽2－12－21　講談社　文芸第三出版部「サマミヤアカザ先生」係

N.D.C.913　271p　15cm

篠原美季（しのはら・みき）
4月9日生まれ、B型。横浜市在住。茶道とパワーストーンに心を癒やされつつ相変わらずジム通いもかかさない。日々是好日実践中。

講談社X文庫

サン・ピエールの宝石迷宮

篠原美季

●

2021年7月2日　第1刷発行

定価はカバーに表示してあります。

発行者——鈴木章一
発行所——株式会社　講談社
東京都文京区音羽2-12-21 〒112-8001
電話　編集　03-5395-3507
販売　03-5395-5817
業務　03-5395-3615
本文印刷－豊国印刷株式会社
製本——株式会社国宝社
カバー印刷－半七写真印刷工業株式会社
本文データ制作－講談社デジタル製作
デザイン－山口　馨

ISBN978-4-06-524303-9